古典詩歌研究彙刊

第一輯

龔鵬程 主編

第 18 冊

明代評點詞集研究

謝旻琪 著

國家圖書館出版品預行編目資料

明代評點詞集研究／謝旻琪 著 — 初版 — 台北縣永和市：花
木蘭文化出版社，2007〔民 96〕

目 2+158 面；17×24 公分（古典詩歌研究彙刊 第一輯；第 18 冊）

ISBN-13：978-986-7128-92-8（全套：精裝）
ISBN-13：978-986-7128-89-8（精裝）
1. 詞－歷史－明（1368-1644）2. 詞－評論

820.9306   96003143

ISBN - 9867128898

9 789867 128898

古典詩歌研究彙刊
第一輯　第十八冊　　　　　ISBN：978-986-7128-89-8

明代評點詞集研究

作　　者　謝旻琪
主　　編　龔鵬程
出　　版　花木蘭文化出版社
發 行 所　花木蘭文化出版社
發 行 人　高小娟
聯絡地址　台北縣永和市中正路五九五號七樓之三
　　　　　電話：02-2923-1455／傳眞：02-2923-1452
電子信箱　sut81518@ms59.hinet.net
初　　版　2007 年 3 月
定　　價　第一輯 20 冊（精裝）新台幣 28,000 元

明代評點詞集研究

謝旻琪 著

作者簡介

謝旻琪，台灣苗栗人，出生於台北市。淡江大學中文系畢業，東吳大學碩士，目前就讀於淡江大學中文系博士班（2004 —）。曾任開南大學通識中心講師，現任教淡江大學中文系。

提　　要

　　評點詞集，就是帶有「評點」的詞集。在中晚明時期，「評點」以新的批評模式出現，與向來作為主要批評模式的「詞話」分庭抗禮，佔有詞學批評史的一席之地。本書不是單純對於文本的介紹，而是將「明代評點詞集」的出現當作一個文學現象來探討，使這個論題能夠更深化、更有意義，盡可能讓這一文學現象的發生，能與時代的特徵相聯結。

　　本文的主要架構，首先探討評點詞集的批評形式，以說明在「話」早已成熟，並一直作為詩詞的主要批評模式的情況下，文人卻選取「評點」來批評詞的細部因素。其次是檢視其中的詞學觀點，明代雖向來被稱為詞的「中衰期」，但有許多理論的創見，出於明代文人之手。評點中雖沒有太清晰的理論系統，評語本身也十分簡短零散，但在批評時，文人先驗的理解必然主導著他們批評的方式，亦顯現出文人對詞的認知。最後是談論評點詞集中的審美趣味，明代文人承接著屬於當時特有的時代氛圍，自然也會展現出當時對美感的品味與賞好。評點詞集中的「流行文化」，引領了評點中的審美觀點。

目

錄

第一章　緒論：明代評點詞集的研究格局

　　對詞作的評點，盛行在中晚明時期。

　　這正是史上文學論爭和文學思潮最爲活躍的時代。社會經濟的轉型，印刷術的發達，書籍刊刻的種類繁多，文人以特殊的文化性格，投入了各種文學批評的領域中。評點文學就是基於這樣的文化背景而大爲流行。孫琴安在《中國評點文學史》中即明確指出：明代，是評點文學的全盛時期〔註1〕，尤其從萬曆中到明末，幾乎所有有知名度的作家都有評點文學方面的著作，許多不知名的作家和身居要位的顯赫人物，也都熱衷此道〔註2〕，造成了空前的繁盛局面。

　　這樣的流行也反映在對「詞」這一文體的批評上。明人主情的思潮，使他們更注意到了詞抒情的特質；而近俗的傾向和閱讀習慣的改變，使得他們選擇了評點的方式去解讀文本。這些條件交錯影響，助長了評點詞的風氣，評點遂以新的批評模式出現，與向來作爲主要批評模式的「詞話」分庭抗禮〔註3〕，佔有詞學批評史的一席之地。

　　〔註1〕孫琴安：《中國評點文學史》（上海：上海社會科學院出版社，1999年6月）。

　　〔註2〕同前註，頁107。

　　〔註3〕今可見的明代詞話並不多，唐圭璋《詞話叢編》（北京：中華書局，1986年11月）僅有四部；然而根據張仲謀在《明詞史》（北京：人民文學出版社，2002年2月）中說，明代可以詞話名書獨立成卷者，至少不下十餘家（頁343），因此明代論詞的文字其實爲數應是相當

　　儘管評點的閱讀方式多屬於感知的、主觀的，評點內容屬於較為零散、細碎的語言文字，並沒有具體的理論系統，但是在評點詞集當中，我們看到了明代文人對「情」的重視超乎他朝，也看到了他們對於文字上的審美、藝術性的要求，當然這證明了明代詞壇儘管相對地衰弱，但並不是全然荒蕪，他們有自己獨特、熱鬧的一面。

　　評點的批評方式雖然延續到清代，但是清代有關詞的評點與詞話相較，比例少了許多。清以來詞壇「中興」，文人開始用嚴肅的態度面對詞，理論性的專著是比較受到文人青睞的，因此，詞學批評又恢復以詞話專著為主的批評模式。明代評點詞集的盛行，確為詞學史上一個十分特殊的現象，其中所展現的文化意涵，非常值得探討、玩味。

第一節　明代評點詞集的意義

　　明代評點詞集的盛行，是十分值得探討的現象。回溯詞集的評點，最早出現在南宋末年，是由黃昇所編選並評點的《花庵詞選》。此後，詞學評點的領域一片空白，直到明中葉楊愼評點《草堂詩餘》，詞的評點才又再開展並且興盛起來。然而到了清代，詞學批評又重新以詞話作為主體形式。因此，「明代」這個時間概念與「評點詞集」這個新興的詞批評模式相結合，確實體現了當時的特殊文化背景和文學思潮。探討明代評點詞集，至少有兩個重要意義：

一、評點詞集與文學批評的關係

　　在談及評點詞集與文學批評的關係前，應當要認同：評點是一種特殊的文學批評形式。〔註4〕孫琴安在《中國評點文學史》一書中為

多的。
〔註 4〕于立君、王安節〈"評點"的涵義和性質〉（吉林四平師範學院：《語言文字應用》，2000 年 11 月第 4 期，頁 34～36）一文中明確指出「評點不只是文學批評。……文學批評可以採用評點形式，但不能逆推為評點中文學批評的一種形式。」他們認為，此乃因為評點的批評

評點文學下了定義，他認爲評點文學是「含有文學作品在內的文學批評」〔註5〕；譚帆也說，評點「與"話"、"品"等一起共同構成古代文學批評的形式體系」。〔註6〕因此，凡是對文學作品的評點，都是屬於文學批評的一部分。詞屬於文學作品，評點詞集自然也屬於文學批評的一部分。

中國古代文學批評，可說是源遠流長。《四庫全書總目提要》云：

> 文章莫盛於兩漢，渾渾灝灝，文成法立，無格律之可拘。建安、黃初，體裁漸備，故論文之說出焉，〈典論〉其首也。其勒爲一書，傳於今者，則斷自劉勰、鍾嶸。勰究文體之源流，而評其工拙；嶸第作者之甲乙，而溯厥師承；爲例各殊。至皎然《詩式》，備陳法律；孟棨《本事詩》，旁採故實；劉攽《中山詩話》、歐陽脩《六一詩話》，又體兼說部。後所論著，不出此五例中矣。宋、明兩代，均好爲議論，所撰尤繁。雖宋人務求深解，多穿鑿之詞；明人喜作高談，多虛憍之論。然汰除糟粕，採擷菁英，每足以

並不限於文學作品，也可用於經、史、子、集；而就評點話語來看，史書的評點是對人的評價，子書的評點是哲學的思辯，根本沒有涉及文學理論的內容。因此不能說「評點」是文學批評的一種形式（頁36。）孫琴安《中國評點文學史》（上海：上海社會科學院出版社，1999年6月）中則作了區分，將附於文學作品的評點稱爲「評點文學」，他認爲評點文學是「兼有批評和文學雙重屬性的特殊文學型態」，是「含有文學作品在內的文學批評」（頁2）。針對此，譚帆在《中國小說評點研究》（上海：華東師範大學出版社，2001年4月）一書中已有所修正，他認爲中國文學並不存在「評點文學」這種特殊文學型態，所謂的「評點文學」其實就是帶有評點的文學作品（頁5）。而事實上，孫琴安先生的研究中，評點文學也確實著重在「批評」的面向，很難如他自己所云是「兼有批評和文學雙重屬性的特殊文學型態」。本文所要論述的是詞集中的評點，詞屬於文學作品，對於上述不同的意見，本文不再贅述，採取譚帆先生的說法。

〔註5〕孫琴安：《中國評點文學史》（上海：上海社會科學院出版社，1999年6月），頁2。

〔註6〕譚帆：《中國小說評點研究》（上海：華東師範大學出版社，2001年4月），頁6。

考證舊聞，觸發新意。……〔註7〕

《提要》中的這段話，很能概括中國自古文學批評文論的主要形式。但是，「評點」卻未曾被論及。大抵說來，由於「評點」的批評形式較爲隨意、鬆散，相較於「論」或是序跋，是比較沒有系統性和邏輯性的；它甚至比「以資閒談」〔註8〕的「話」更瑣碎、更零散。但從評點輕鬆隨意這個特點來說，這種批評方式似乎是更平易近人，容易造成迴響，像明末到清代的小說評點，即曾蔚爲風潮；但從另一面來說，因爲它太瑣碎了，一來難以讓人注意到其學術價值，二來似乎有點難登大雅之堂，上層的文人學者論學時，自然不會想到要將評點列入其中。

也因爲如此，評點在從前是被忽略的。過去探討中國古代文論或文學批評史時，很自然就會習慣從專論、文章著手，或是從詩話、詞話等著作去歸納和總結文學批評的脈絡。當然，這樣取得的成績是相當顯著的，但是如果我們嘗試將焦點放在評點，就可以發現，評點者在批評時，不論有意或無意間，往往在評語中透露出他們的批評視角以及審美觀點。而這些觀點和認知，也必然與當時的文化背景環環相扣，交互影響著。

明代評點詞集也是如此。文人的批語內容，和選擇作爲批評對象的詞作，都會反映出當時的思潮。像是明代的「思想解放」，主情說大爲流行，就深深影響了文人的選詞和審美觀。詞爲「豔科」的觀念在明代被擴大、強調，過去曾被當作是背離儒家思想的情詞，在明代反而因爲其抒情的特性被推崇。王世貞在《藝苑卮言》中即論詞的特性爲「婉變而近情」、「柔靡而近俗」〔註9〕，又說作詞「不作可耳，

〔註7〕《四庫全書總目提要》（武英殿本）（台北：臺灣商務印書館，1983年10月）冊五，頁215。
〔註8〕歐陽脩：《六一詩話》，收於何文煥編：《歷代詩話》（台北：藝文印書館，1991年9月），頁156。
〔註9〕唐圭璋《詞話叢編》，同註3，第一冊，頁385。

作則寧爲大雅罪人，勿儒冠而胡服也」〔註10〕，這種大張旗鼓式的論點，得到當時文人的迴響和認同，如湯顯祖在評顧夐〈臨江仙〉（幽閨小檻）眉批云：「頌酒賡色，務裁艷語，毋取乎儒冠而胡服也。」〔註11〕就是取自王世貞的觀點。而湯顯祖自云，他評點《花間集》，是因「於《牡丹亭》、《二夢》之暇，結習不忘」，實在無法忘情《花間集》中婉約的情詞，所以才「試取而點次之、評騭之」。〔註12〕沈際飛〈序草堂詩餘四集〉進一步將詞看作是情備之文：「文章殆莫備於是矣。非體備也，情至也。」〔註13〕又說：「詩餘之傳，非傳詩也，傳情也，傳奇縱古橫今，體莫備於斯也。」〔註14〕更有甚者，如茅暎《詞的·凡例》中直接認定「幽俊香豔，爲詞家當行」〔註15〕，他在序言中更明確指出：「蓋旨本淫靡，寧虧大雅；意非訓詁，何事莊嚴。」〔註16〕主情思潮在評點詞集當中的深刻影響，顯而易見。

　　當然，以上所舉的幾個例子僅爲一個層面的小部分，更深層的現象和複雜的因素有更多值得探討。明代是文學批評最爲豐富、多樣的時代。郭紹虞在〈明代文學批評的特徵〉一文中說：

　　　　什麼是明代文學批評的特徵？那是頗帶一些「法西斯式」作風的。偏勝，走極端，自以爲是，不容異己。因此，盲從、無思想、隨聲附和、空疏不學，也成爲必然的結果。這是法西斯式作風所應有的現象。這種作風，形成了明代文壇的糾紛，同時也助長了明代文壇的熱鬧。〔註17〕

〔註10〕同前註，頁 385。
〔註11〕湯顯祖評點：《花間集》（明末烏程閔氏朱墨套印本，台北：國家圖書館藏）卷三，頁 21。
〔註12〕同前註，湯顯祖〈花間集序〉，頁 4。
〔註13〕沈際飛評點：《古香岑草堂詩餘》（崇禎初年明末太末翁少麓刊本，台北：國家圖書館藏），頁 4。
〔註14〕同前註，頁 7～8。
〔註15〕茅暎評選：《詞的》，朱之藩定：《詞壇合璧》（明金閶世裕堂刊本，台北：中研院史語所傅斯年圖書館藏），頁 1。
〔註16〕同前註，茅暎〈詞的序〉，頁 3。
〔註17〕郭紹虞：《照隅室古典文學論集》（台北，丹青圖書出版公司，民 74

明代文人的獨特文化性格，也使得文壇展現出特殊的風貌。這種浪漫、多情，一方面標新立異，一方面又隨聲附和、空疏不學的態度，也都顯露在評點詞集中。評點文學也是屬於文學批評中的一環，因此評點詞集的探討，對於明代文學批評的研究當是有所助益的。

二、評點詞集與詞學的關係

探討評點詞集另外一個層面的意義，就是可補明代詞學的不足。

明代詞壇的「中衰」一直為學者所認同。吳梅《詞學通論》謂：「論詞至明代，可謂中衰之期。」〔註 18〕吳梅認為，這種「中衰」，原因有四：一，「才士模情，輒寄言於閨闥；藝苑定論，亦揭櫫於香奩；託體不尊，難言大雅」；二，文人作詞是「連章累篇，不外應酬」；三，一味跟隨流行，「守升庵《詞品》一編，讀弇州《卮言》半冊，未悉正變，動肆詆諆，學壽陵邯鄲之步，拾溫韋牙後之慧」；四，文人競相作側豔之詞，「好行小慧，無當雅言」。〔註 19〕歷來論者大抵都抱持如此的觀點，吳梅的說法可以說是很精闢的總結。

明以來，許多古詞選本都已亡佚，明人作詞，缺乏優良的選本作為學習典範。朱彝尊《詞綜·發凡》云：「古詞選本，《家宴集》、《謫仙集》、《蘭畹集》、《復雅歌詞類分樂章》、《群公詩餘後編》、《五十大曲》、《萬曲類編》及《草牕周氏選》，皆軼不傳。獨《草堂詩餘》所收，最下最傳，三百年來學者守為兔園冊，無惑乎詞之不振也！」〔註 20〕受限於文獻的不足，再加上明人對詞視之為末技，缺乏嚴肅的藝術態度，他們在作詞時，多半多抱著遊戲、隨意的態度為之，玩笑、諧謔，甚至表現出低級的趣味。這也就是明詞最為人所詬病的地方。

年），頁 337～341。

〔註 18〕吳梅：《詞學通論》（台北：臺灣商務印書館，1932 年 12 月初版，1988年 4 月臺七版），頁 142。

〔註 19〕同前註。

〔註 20〕朱彝尊編、汪昶續補：《詞綜》，楊家駱編：《增補詞學叢書》（台北：世界書局，1980 年 5 月）第一集第十五冊，頁 5。

相較於宋人在詞史上的大放異彩，以及清代詞學的振興，明代的詞壇
是顯得冷清、落寞多了。

　　然而，我們不能不注意到，明人對於詞學的建構還是有一番努力
的。他們考訂、創設詞韻和詞譜，編選各種詞選集，而且有不少文人
學者投身詞學批評的領域中〔註21〕，新興的詞批評形式──評點，也
在此時盛行。近年來，越來越多的學者注意到明代詞壇活潑熱鬧的一
面，除了張仲謀的《明詞史》〔註22〕對整個明代詞壇作一統整論述之
外，還有許多明代詞人的研究、詞論和詞選研究等等，成果相當可觀。
詞的評點也逐漸為學者所注意，如大陸學者謝桃坊的《中國詞學史》
即特別立了一節，專門討論詞評點；〔註23〕國內的學位論文，如陶子
珍的《明代詞選研究》〔註24〕，內容主要在探討明代詞選的編纂，但
是其中探討到評點詞集時，對於評點內容亦稍有提及並加以介紹；又
如李娟娟的《《草堂四集》及《古今詞統》之研究》〔註25〕，除了探
討《草堂四集》以及《古今詞統》的編選情形之外，對於其中豐富的
評點內容也多有討論。這些成果可說是詞評點研究的重要基礎，在明
代詞學逐漸為學者所重視之時，詞評點亦應納入詞學研究當中。詞評
點儘管缺乏系統性的理論，但它顯露出來的當時文人的詞觀、審美角
度，仍是值得加以探討的。如能將評點詞集的研究補上，明代詞學也
會更加完整。

〔註21〕張仲謀：《明詞史》（北京：人民文學出版社，2002 年 2 月），頁 329
　　　　～357。
〔註22〕同前註。
〔註23〕謝桃坊：《中國詞學史》（修訂本）（成都：巴蜀書社，2002 年 12 月），
　　　　〈沈際飛與詞的評點〉，頁 185。
〔註24〕陶子珍：《明代詞選研究》（私立東吳大學中國文學系博士論文，2001
　　　　年 6 月）。
〔註25〕李娟娟：《《草堂四集》及《古今詞統》之研究》（國立高雄師範大學
　　　　國文學系碩士論文，1996 年 6 月）。

第二節　本文研究進路

　　上述明代評點詞集的研究格局，也正是本論文探討的目的：一是補齊明代文學批評的研究，二是補足明代詞學上的空白。當然我們要探討這個論題之前，我們必須了解，「評點詞集」這個對象文本是有其獨特性的，這獨特性就在於，評點是一種「評論性」的文本。儘管在這論題中「評點」與所評的作品是不可劃分的，但是實際探討的操作上，仍然是著重在評語內容本身，也就是「批評」的活動性上。以評論性的資料作為對象來探討，自然大大不同於作品或人物的研究，所採取的方式也必須有所調整。

　　如果我們直接針對這些評論性的資料加以探討，無疑是有困難的。文人對作品批評時，常常只是就自身的感受、個人的知識，或是當時的情境、個人的意圖出發，而非考慮到這些評論可以客觀地為學術服務。〔註26〕就算是專論性較強的詩話、詞話，「也不是主要為了銜接過去似有的理論統緒，而是為表述當時狀況下的創作與閱讀意識，由此又常例性地顯示為細碎化、裂隙化的樣狀。正因此，由系統的概念演進的視角看，它們則多有重複、倒退、紛雜及自語化等特徵」〔註27〕，而評點是更為零星的語言，如直接對這樣的文本作歸納，即可能導致這些論述從所依附的作品和時代背景抽取出來，而使得理論架空。

　　因此，本論題所採取的方法，是將「明代評點詞集」當作一個文學現象來探討，也就是說，我們既以掌握了這些文本，我們並不僅滿足於對評點詞集的介紹，或是將內容納入自己架構的框框，予以分類。我們應該採取「層面性」的探討，由「評點詞集」的發生，探討明代評點詞集究竟是基於什麼樣的背景而產生，評點詞集中顯現出什麼樣的詞觀，以及何種審美的角度。由這些角度切入，如此的探討才

〔註26〕黃卓越：《明永樂至嘉靖初詩文觀研究》（北京：北京師範大學出版
　　　　社，2001 年 12 月），〈自序〉，頁 4。
〔註27〕同前註，頁 6。

能使這個論題更為深化、更有意義。這樣的方式也必須以「同情的理解」去看待這些對象文本，以及相關的史料，儘可能讓這一文學現象的發生，能夠與時代的特徵相聯結。這樣自然也不同於用社會學、政治學等理論模式來考察文藝，將社會概況作為附加於外部的「黏貼式背景」，而且更能夠強調這一現象的特徵。

根據上述方法，本文寫作的次序如下：

在緒論之後，第二章即為文本概述。目前可見到的評點詞集，共計七部，分別為 1. 楊慎：《草堂詩餘》五卷；2. 湯顯祖：《花間集》四卷；3. 茅暎：《詞的》四卷；4. 沈際飛：《古香岑草堂詩餘四集》十七卷；5. 卓人月、徐士俊：《古今詞統》十六卷，附《徐卓晤歌》一卷；6. 陸雲龍：《詞菁》二卷；7. 潘游龍：《精選古今詩餘醉》十五卷。由於本論文並不在文獻的介紹，況且陶子珍在《明代詞選研究》〔註28〕一書中對明代詞集已有極為詳盡的論述，本論文探討的七部詞集均已涵蓋在此書中，因此本章僅作概要的介紹，並大略說明各集中評點的意旨。陶子珍詳論過的版本、選源等諸多問題，本章不再贅述。

第三章是探討評點詞集的批評形式。在「話」的批評體式早已成熟，並一直作為詩詞的主要批評形式的情況下，明代卻發展出以「評點」來作為詞批評的另一條路。這背後的文化動因，從外在環境來說，就是出版業的發達，評點正是帶有商業取向的批評行為；從內在環境來看，「主情」是文人重視詞的原因。本文即以這樣的背景，從評點的批評模式探討，進而考察文人選取「評點」來批評詞的細部因素，並由此剖析文人選擇評點對象的不同所展現出的心態差異。

第四章是詞學觀點的部分。明代儘管向來被稱為詞的中衰期，但有許多理論的創見，出於明代文人之手，並深深影響了清代詞壇。評點中儘管沒有清晰的理論系統，評語本身也十分簡短零散，但在批評時，文人先驗的理解必然主導著他們批評的方式，而評語中也會顯現

〔註28〕同註 24。

出文人的認知。那麼，從評點詞集中自然可以抽絲剝繭，檢視文人所建構的不同以往的詞學觀點，像是詞的定義與定位、詞的起源，以及對於詞屬性的認定。

　　第五章是談論評點詞集中的審美風尚。明代文人承接著屬於當時特有的時代氛圍，自然也會展現出的當時對美感的品味與賞好。他們對於詞多半持著兩極的態度：既重視又漫不經心、既視之為小道，又特別地想要細細賞玩琢磨，在商業型態的主導下，評點詞集中也就帶有一種「流行文化」的模式，引領了評點中的審美觀點。本章即擬從這樣的角度切入，探討明人評詞所展露的審美趣味。

　　第六章是餘論，探討評點詞集的文本解讀。評點詞集具有獨特的個性，不同於其他的文學批評，因此在對此一文本拆解的過程中，有些零散的、值得玩味的論點，像是評點以「小語」「對話」的方式進行批評、從文人私密的筆記成為可販售的出版品、詞鑑賞價值的樹立等等，在此提出來討論，可以再補上作為本文立論的佐證。

第二章　文本概述

　　評點詞集，顧名思義，就是帶有「評點」的詞集。

　　評點是一種隨閱隨批的批評方式。文人閱讀文本時，針對題目或作品加上評語、附註，有時也在重點處加上各種符號標記，由於具備有評有點的特色，故稱爲「評點」。評點這樣的批評方式，早在唐代就已經出現。〔註1〕到了明清以後，更被廣泛運用在各種文類的批評上。大陸學者譚帆曾爲評點下了定義，他認爲，評點「與"話"、"品"等一起共同構成古代文學批評的形式體系。這種形式有其獨特性，其中最重要的是批評文字與所評作品融爲一體，故只有與作品連爲一體的批評才稱之爲評點」。〔註2〕同樣的，評點詞集中的評點必然是依附著詞作（以及部分書前有收錄舊序、雜說等），並且批評的文字與所評作品是一體的，如此才能稱爲「評點詞集」。

　　這樣的定義十分明確，按照定義來檢視，目前可見到的評點詞集共計七種：1. 楊愼：《草堂詩餘》五卷；2. 湯顯祖：《花間集》四卷；3. 茅暎：《詞的》四卷；4. 沈際飛：《古香岑草堂詩餘四集》十七卷；5. 卓人月、徐士俊：《古今詞統》十六卷，附《徐卓晤歌》一卷；6. 陸

〔註1〕孫琴安：《中國評點文學史》（上海：上海社會科學院出版社，1999年6月），第二章〈唐代：中國評點文學的形成期〉，頁14。
〔註2〕同前註，頁6。

雲龍：《詞菁》二卷；7. 潘游龍：《精選古今詩餘醉》十五卷。爲使介紹能夠條理清晰，本文按照陶子珍《明代詞選研究》〔註3〕的分期方式，即嘉靖時期、萬曆時期和崇禎時期共三節，分別敘述如下。另立一節將未見書目備載，期待他日得見這些書目，使本論題的研究更爲完整。

第一節　嘉靖時期

　　嘉靖時期的評點詞集僅有一部，也正是明代的第一部——楊愼所評點的《草堂詩餘》，開啓了評點詞集的盛行。

1. 楊愼評點《草堂詩餘》五卷

　　已見的版本有二：一爲明吳興閔暎璧刊朱墨套印本，台北：國家圖書館藏。卷內署名「西蜀升菴楊愼批點，吳興文仲閔暎璧校正」嘉靖年間刊行。萬曆四十八年朱之蕃刻《詞壇合璧》四種，此本即爲其一。二爲清光緒年間宋澤元加以校刊之後，收入《懺花盦叢書》，台北：中央研究院史語所傅斯年圖書館藏。此版本亦影印收於《叢書集成續編》。〔註4〕卷內署名「西蜀楊愼升菴批點，山陰宋澤元瀛士校訂」。

　　弘治、嘉靖以來，是明詞壇的中興時期。〔註5〕楊愼身爲當時文壇宗主，著作繁多，涉獵極廣，然而在眾多的著述當中，他在詞學上用功較多。他不僅編選了《詞林萬選》、《百琲明珠》等書，又撰寫了對詞壇影響深遠的《詞品》。他對詞的重視，正好承接了此中興時期開展的態勢。在這樣的情況下，他評點《草堂詩餘》，其重要性自然非同小可了。首先，楊愼評點《草堂詩餘》，是明以來第一部評點詞

〔註3〕陶子珍：《明代詞選研究》（私立東吳大學中國文學系博士論文，2001年6月）。

〔註4〕《叢書集成續編》（台北：新文豐出版社，1989年7月），第205冊，頁279～369。

〔註5〕張仲謀《明詞史》（北京：人民文學出版社，2002年2月），頁120。

集；第二，他選擇評點的對象《草堂詩餘》，正於此時開始流行；第三，楊慎評詞喜愛纖軟、藻麗、婉轉的詞風，這也就是在明代蔚爲風潮，而後世最爲詬病的風格。如他評李後主〈浣溪沙〉（菡萏香消翠葉殘）：

> 綺麗委宛，後主此詞爲第一。〔註6〕

又秦觀〈水龍吟〉（小樓連苑橫空）「天還知道，和天也瘦」句有旁批云：

> 情極之語，纖頓特甚。〔註7〕

還有評史達祖〈雙雙燕〉（過春社了）：

> 史邦卿詞奇秀清逸，有李長吉之韻，蓋能融情景于一家，會句意于兩得者。形容想像極是輕婉纖頓。〔註8〕

纖靡婉轉的風格取向十分明顯。《草堂詩餘》本身就是一部以婉約詞爲主的詞選集，偶有收錄豪放詞作，如蘇軾〈念奴嬌〉（大江東去），楊慎在這闋詞上眉批云：

> 古今詞多脂頓纖媚取勝，獨東坡此詞感慨悲壯，雄偉高卓，詞中之史也。「銅將軍鐵拍板唱公此詞」，雖優人謔語，亦是狀其雄卓奇偉處。〔註9〕

評語中十分讚賞蘇軾詞的雄偉豪放。儘管如此，楊慎選擇了以婉約詞爲主的《草堂詩餘》來評點，可以看出楊慎心目中的詞家本色，仍然是婉約詞。

當然就這樣的取向來看，我們並不能說是楊慎帶來了明代詞壇的衰落，相反的，楊慎以他「詞宗」的地位，引領了明人詞壇的流行風潮，他評點《草堂詩餘》，其地位自不待言。

〔註6〕楊慎評點：《草堂詩餘》（明吳興閔暎璧刊朱墨套印本，台北：國家圖書館藏）卷一，頁9。此處參照陶子珍所撰《明代詞選研究》（同註3）一書中所附之詞集題名勘誤表，當爲李璟所作。

〔註7〕同前註，卷四，頁36。

〔註8〕同前註，卷四，頁19～20。

〔註9〕同前註，卷四，頁29。

第二節　萬曆時期

目前可見的萬曆年間評點詞集共二部，即湯顯祖：《花間集》四卷和茅暎：《詞的》四卷，分述如下：

1. 湯顯祖評點《花間集》四卷

已見版本有二：一爲明末烏程閔氏朱墨套印本（萬曆四十八年），二爲明萬曆庚申刊本（萬曆四十八年），台北：國家圖書館藏。此二者印刷版本完全相同，惟評點的文字有所差異。烏程閔氏朱墨套印本清晰美觀，而萬曆庚申刊本評點字跡多有模糊，難以辨認，且有許多闕漏、錯誤之處。如烏程閔氏朱墨套印本的前六則評點，在萬曆庚申刊本中付之闕如；又如溫庭筠〈更漏子〉其四（相見稀），烏程閔氏朱墨套印本有湯顯祖眉批「口頭語，平衍不俗，亦是填詞當家」〔註 10〕，萬曆庚申刊本則爲「亦是填詞劣家」〔註 11〕，不僅字句疏漏，意義更是南轅北轍，因此本論文的探討均以烏程閔氏朱墨套印本爲主。

湯顯祖評點《花間集》的重要性至少有二：第一，《花間集》在明代能夠流傳，與湯顯祖評點有關。他在《花間集》的序言有這麼一段記載：「《花間集》久失其傳。正德初楊用修遊昭覺寺，寺故孟氏宣華宮故址，始得其本行於南方。」〔註 12〕在湯顯祖評《花間集》之前，《花間集》失傳已久，經楊愼發現並傳刻於南方，湯顯祖才得以看到這個本子。而當時「《詩餘》流遍人間，棗梨充棟，而譏評賞鑑之者亦復稱是，不若留心《花間》者之寥寥也」〔註 13〕，《草堂詩餘》已經如日中天，但極少人注意到《花間集》。從版本的統計來看，湯顯祖以他的名氣評點了《花間集》，確實造成了《花間集》的流傳。據蕭鵬《群體的選擇——唐宋人選詞與詞選通論》一書統計，明代《花間集》的版本

〔註 10〕湯顯祖評點：《花間集》（明末烏程閔氏朱墨套印本，台北：國家圖書館藏）卷一，頁 6。

〔註 11〕湯顯祖評點：《花間集》（明萬曆庚申刊本，台北：國家圖書館藏）卷一，頁 6。

〔註 12〕湯顯祖〈花間集序〉，同註 10，頁 3～4。

〔註 13〕同前註，頁 4。

總數爲十九種，其中四種爲藏本，刻本有十五種。〔註 14〕藏本有可能並未流傳，所以世所流傳的當爲此十五種刻本。但是在正德前，《花間集》的刻本僅有「明正德陸元大翻刻晁本」、「明正統吳訥百家詞本」兩本而已，其餘都在正德之後，尤其集中在萬曆、天啓年間。因此《花間集》的流行，確實與湯顯祖的評點有密切的關係。

其次，《花間集》中情愛的內容，正好爲湯顯祖「主情」、「情至」之說張本，而這些情詞也因湯顯祖的評點而獲得平反和伸張。詞體抒情的功能，自古文人都有所體會，但《花間集》產於酒席歌宴之間，本爲「綺筵公子」作給「繡幌佳人」演唱的歌詞，主題不是美女就是愛情，對於傳統儒家詩教可說是一大挑戰。《花間集》的出現，造成「詞」與傳統儒家詩教之間的矛盾與掙扎，是歷來學者所認同的。而湯顯祖的生命在情與儒、佛之間的掙扎，最後仍是選擇「爲情作使」〔註 15〕。他在辭世的前一年對《花間集》仍「結習不忘」，因此「試取而點次之、評騭之」〔註 16〕，坦然面對文人一直不敢正視的「情」，這對於儒家思想來說具有一定程度的反叛性。儘管如此，這種反叛並沒有真正脫離儒家的束縛。他將詞這種「小道」、「豔科」和詩、騷靠攏，以樹立其正統的地位，期望能「唐調之反而樂府，而騷賦，而三百篇」〔註 17〕。晚明文人對於詞的態度，多半是基於「主情」思潮而對詞體有所關注，這與湯顯祖評點《花間集》不無關係。

湯顯祖評《花間集》，展現了他的文采和高度的鑑賞力，除了鑑賞字句的藝術性之外，他花了許多筆墨在「情」的探討上。如卷一溫庭筠〈女冠子〉（含嬌含笑）眉批云：

　　宿翠殘紅窈窕，新妝初試，當更娥媚撩人。情語不當

〔註 14〕蕭鵬《群體的選擇──唐宋人選詞與詞選通論》（1990 年南京師範大學博士論文）（台北：文津出版社，1992 年 11 月），頁 238。
〔註 15〕湯顯祖〈續棲賢蓮社求友文〉，徐朔方箋校：《湯顯祖全集》（北京：北京古籍出版社，1999 年 1 月），頁 1221。
〔註 16〕同註 10，頁 4。
〔註 17〕同前註。

爲登徒子見也。〔註18〕

戀愛中充滿眞情的言語都是極其可愛的，若在登徒子眼裡，所詮解的就完全脫離了深情的本意了。湯顯祖在此處似乎有意在《花間集》以往「情」與「淫」的爭論中，駁斥視之爲「淫」的觀點，強調情感的動人之處。又評顧夐〈虞美人〉其三末二句「舊歡時有夢魂驚，悔多情」，湯顯祖對於「驚」和「悔多情」甚有感慨：

情多爲累，悔之晚矣。情宜有不宜多，多情自然多悔。〔註19〕

似乎在慨歎一生耽溺於情，到老仍是多情，儘管有所悔悟，但爲時已晚，讀來十分令人感傷。

2. 茅暎評選《詞的》四卷

此本亦未見單行本，收入朱之蕃《詞壇合璧》中。〔註20〕這是一部以香豔柔美風格爲主的詞選集。他在〈凡例〉中開宗明義說：

幽俊香豔，爲詞家當行；而莊重典麗者次之。故古今名公悉多鉅作，不敢攔入，匪曰偏徇，意存正調。〔註21〕

他直接標榜「幽俊香豔」爲當行，將「莊重典麗」者居次，把豔情當作正調來看待。另外，他在序言中更明確指出：

蓋旨本淫靡，寧虧大雅；意非訓詁，何事莊嚴。〔註22〕

他認爲，詞本來就是淫靡的，又不是訓詁，何需要莊嚴呢？像他這樣刻意地凸顯出詞中表達男女情愛的特色，似乎有些走向極端了，詞風也因此更走向俗豔、淫穢，當時明代的詞壇積弱不振，與《詞的》一書的編選，多少還是有關的。

由於這樣特意標榜的觀點，茅暎的評點十分強調男女之情。如評顧夐〈訴衷情〉（永夜拋人何處去）云：

〔註18〕同前註，卷一，頁12。
〔註19〕同前註，卷三，頁11。
〔註20〕詳細版本體例參見陶子珍：《明代詞選研究》，同註3，頁243～244。
〔註21〕茅暎評選：《詞的》，朱之蕃定：《詞壇合璧》（明金閶世裕堂刊本，台北：中研院史語所傅斯年圖書館藏），頁1。
〔註22〕同前註，茅暎〈詞的序〉，頁3。

　　到底是單相思。〔註23〕

又如柳永〈晝夜樂〉（洞房記得初相遇）眉批云：

　　迴腸千結。〔註24〕

似乎對於悵然的情思頗有深會。

　　此外，茅暎也很重視景物的敘寫。「情景交融」一向是古典詩詞的美感要求之一，他特別注意到這點，並且常在評語中點出詞中意境。如評蔣捷〈女冠子〉（蕙花香也）云：

　　麗景幽思，令人想殺。〔註25〕

又在晏幾道〈踏莎行〉（小徑紅稀）「東風不解禁楊花，濛濛亂撲行人面」一句評曰：

　　楊花撲面，即見春思困人。〔註26〕

還有評汪藻〈小重山〉（月下潮生紅蓼汀）：

　　景與情會，無限深懷。〔註27〕

楊基〈青玉案〉（平湖過雨清如鑑）：

　　於雨外有深情。〔註28〕

這一類的評語很能抓住景與情感的共鳴之處。然而大抵說來，《詞的》中的評語較為凌亂，常常是直抒己意，較少品評優劣，對於詞的鑑賞方面，影響並不很大。

　　朱之蕃將以上楊慎評點《草堂詩餘》、湯顯祖評點《花間集》、茅暎評點《詞的》三部，再加上楊慎評點《四家宮詞》，共四種十五卷，合刻為《詞壇合璧》，目前可見到的版本為明金閶世裕堂刊本，台北：中研院史語所傅斯年圖書館藏。

〔註23〕同前註，卷一，頁 8。
〔註24〕同前註，卷四，頁 9。
〔註25〕同前註，卷四，頁 22。
〔註26〕同前註，卷三，頁 7。據陶子珍所撰《明代詞選研究》（同註 3）一書之題名勘誤表，當為晏殊所作。
〔註27〕同前註，卷三，頁 2。
〔註28〕同前註，卷三，頁 21。

第三節　崇禎時期

　　崇禎時期正是評點最爲流行的時候，評點詞集也較之前多。可見
到的計有四部：

1. 沈際飛評點《古香岑草堂詩餘四集》十七卷

　　已見之版本爲崇禎初年明末太末翁少麓刊本，台北：國家圖書館
藏。首頁題有書名全名《鐫古香岑批點草堂詩餘四集》，爲沈際飛所
編選評點的《草堂詩餘》系列選本，其中包含了四部詞選：（1）《草
堂詩餘正集》六卷，題「雲間顧從敬類選，吳郡沈際飛評正」，以嘉
靖年間顧從敬《類編草堂詩餘》爲底本翻刻；（2）《草堂詩餘續集》
二卷，題「毘陵長湖外史類輯，姑蘇天羽居士評箋」，用嘉靖年間長
湖外史《續草堂詩餘》翻刻；（3）《草堂詩餘別集》四卷，題「婁城
沈際飛選評，東魯秦士奇訂定」，爲沈際飛自選自評；（4）《草堂詩餘
新集》五卷，題「吳郡沈際飛選評，錢允治原編」，以萬曆年間錢允
治《類編箋釋國朝詩餘》爲底本加以刪定。〔註29〕

　　這四部詞選，是《草堂詩餘》續編、補編的系列叢書。沈際飛評
點這樣一部規模龐大的詞選集，主要用意就在於將《草堂詩餘》系列
串聯起來。他以代表北宋詞的《草堂詩餘》爲基點出發，上溯隋、唐、
五代，下至南宋、元、明，完成搜羅歷代的《草堂詩餘》。他認爲，當
代的文人學者對於詞多以輕忽的態度視之，詞選集常有顚倒錯落的情
形，「詩餘正續本，帝虎亥豕，訛謬滋興，誰與講訂？」〔註30〕因此他
興起了刪選、改定詞集的使命感，「考訂正文附註訛字，次其前後」〔註

〔註29〕版本體例以及內容介紹，除了可參見陶子珍《明代詞選研究》，同註
　　　　3，頁 57～59 之外，李娟娟：《草堂四集及古今詞統之研究》（國立
　　　　高雄師範大學國文學系碩士論文，1996 年 6 月）頁 47～79 亦有詳盡
　　　　的論述。
〔註30〕《古香岑草堂詩餘四集・發凡》「刊誤」條，沈際飛評點：《古香岑
　　　　草堂詩餘四集》（明末太末翁少麓刊本，台北：國家圖書館藏），頁 4
　　　　～5。
〔註31〕同前註。

31〕，並在〈凡例〉和〈序〉中，詳細交代詞集的性質、評點方式和編輯體例，是明代相當重要的詞學論文，也由此可見他的重視和用心。

另一個他評選《草堂詩餘四集》的動機，是「情所不自已也」。他在序言中云：

> ……文章殆莫備於是矣。非體備也，情至也。情生文，文生情，何文非情？而以參差不齊之句，寫鬱勃難狀之情，則尤至也。……詩餘之傳，非傳詩也，傳情也，傳奇縱古橫今，體莫備於斯也。余之津津焉評之而訂之，釋且廣之，情所不自已也。〔註32〕

他認為，詩餘是所有文體中最適合拿來抒情的，「以參差不齊之句，寫鬱勃難狀之情，則尤至也」，大大的稱揚詞的抒情功能。這種抒情功能，可以抒發文人最幽隱、最難以言說的情思，因此詞可以「傳情」，可以「縱古橫今」，因此他「津津焉評之而訂之，釋且廣之」。

而沈際飛提到抒情的「情」，正是男女之情。他在序言中又說：

> ……雖其鑴鏤脂粉，意傳閨闥，安在乎好色而不淫，而我師尼氏刪國風，逮〈仲子〉、〈狡童〉之作，則不忍抹去，曰：「人之情，至男女乃極。」〔註33〕

「人之情，至男女乃極」與歷來文人所說「《國風》好色而不淫」大異其趣，他標舉了男女情愛的合理性，讚揚天地至情，完全接續著湯顯祖以來這種「主情」的觀點。也因此，他在評點中多讚揚描述浪漫愛情的詞，如評周邦彥〈少年遊〉（并刀如水）：

> 「低聲」（低聲問向誰行宿）數語，旖旎婉戀，足以移情而奪嗜。〔註34〕

李後主〈虞美人〉（春花秋月何時了）：

> 詞家以山喻愁，以水喻愁，皆入情……。〔註35〕

〔註32〕同前註，沈際飛〈序草堂詩餘四集〉，頁4～8。
〔註33〕同前註，頁6。
〔註34〕同前註，《草堂詩餘正集》卷一，頁34。
〔註35〕同前註，卷二，頁2。

沈際飛主情的傾向，由此可見一斑。

　　另外，沈際飛對於詞的藝術特色和表現手法常有深刻的探討，如評張先〈浣溪紗〉（錦帳重重捲暮霞）：

　　　　前人詩：「夢魂不知處，飛過大江西。」此云「飛不去」，絕好翻用法。〔註36〕

又如他評秦觀〈桃源憶故人〉（碧紗影弄東風曉）：

　　　「海棠開了」下，轉出「啼鳥」粧點，趣溢不窘。〔註37〕

都能運用他敏銳的藝術眼光，道出這些詞的佳妙之處。

　　沈際飛為評點名家，他除了評點《草堂詩餘四集》之外，還曾評點湯顯祖的詩、文以及戲曲創作，是當時研究湯顯祖的專家。他評點著作多，閱讀數量龐大，對於文學作品的美感也更能有所掌握，因此《草堂詩餘四集》中的評點十分豐富精采，評語都能夠入情入理，令人玩味再三。同時，他的詞評點也透露出理論性的詞學觀點，深深影響此後的詞壇。

2. 卓人月彙選、徐士俊參評《古今詞統》十六卷，附《徐卓晤歌》一卷

　　已見之版本有二：一為明末刊豹變齋印本，台北：國家圖書館藏。書前首頁題《草堂詩餘》，為「陳眉公（繼儒）先生彙選」，大抵是由於陳繼儒的名氣較大，因此這部書在刊刻的時候，掛了陳繼儒的名字。卷內題「陳繼儒眉公評選，卓人月珂月彙選，徐士俊野君參評」，卷前有陳繼儒〈詩餘序〉云：

　　　　予友卓珂月，生平持說，多與予合，己巳秋，過雲間，手一編示予，題曰《詩餘廣選》。予取而讀之，則自隋、唐、宋、元，以迄於我明，妙詞無不畢具。〔註38〕

〔註36〕同前註，卷一，頁10～11。據陶子珍所撰《明代詞選研究》（同註3）一書之題名勘誤表，當為秦觀所作。

〔註37〕同前註，卷一，頁32。當為歐陽脩所作。

〔註38〕陳繼儒彙選：《草堂詩餘》（明末刊豹變齋印本，台北：國家圖書館藏）。

從這段引言可知，《古今詞統》在刊行之初，名爲《詩餘廣選》，陳繼儒於己巳年（崇禎二年）秋得見，因此這部書刊大約刊刻於崇禎二年左右。而書中各卷卷首皆題「草堂詩餘卷某」，一望而知這部詞集的編選，目的就是爲了擴充《草堂詩餘》的選詞。

另一個版本是崇禎間刊本，台北：國家圖書館藏。卷內題「杭州卓人月珂月彙選，徐士俊野君參評」，而卷首孟稱舜的〈古今詞統序〉，其字句、內容與上述陳繼儒的序言幾乎相同，只有將陳繼儒〈序〉的「過雲間」改爲「過會稽」，將書名《詩餘廣選》改爲《古今詞統》，又這篇序是作於崇禎癸酉年（崇禎六年），大略可推知，孟稱舜於此時將《詩餘廣選》易名爲《古今詞統》並重新刊刻。《古今詞統》除了這篇序言之外，其餘選詞、評語、字句編排，皆與《詩餘廣選》完全相同。〔註39〕

另有《古今詞統》排印本，爲瀋陽：遼寧教育出版社，2000 年 1 月出版。

《古今詞統》的選詞，涵蓋的時間跨度相當大，從隋、唐、五代、宋、金、元及明，而且在卷前收錄了多篇「舊序」和「雜說」，並記載了許多筆記、遺文逸事〔註40〕，集大成的企圖心相當明顯。

而詞集中另一個特點就是，他們嘗試消弭豪放與婉約兩種詞風的界限。徐士俊即在〈古今詞統序〉中提出這樣的立場：

> ……猶有議之者，謂「銅將軍」、「鐵綽板」，與「十七八女郎」相去殊絕，無乃統之者無其人，遂使倒流三峽，竟分道而馳耶。余與珂月，起而任之，曰：「是不然。吾欲分風，風不可分；吾欲劈流，流不可劈。非詩非曲，自然

〔註39〕版本體例以及內容介紹，可參見陶子珍《明代詞選研究》，同註 3，頁 259～264。

〔註40〕徐士俊〈古今詞統序〉：「……又必詳其逸事，識其遺文……雖非古今之盟主，亦不媿詞苑之功臣矣。」卓人月彙選、徐士俊參評：《古今詞統》（明崇禎間刊本，台北：國家圖書館藏）。

風流，統而名之以詞。」〔註41〕

「銅將軍」、「鐵綽板」，與「十七八女郎」代表的只是詞的不同表現手法，如果強要將兩種詞風分別開來，只會讓兩種詞風分道揚鑣，使詞壇分裂。他和卓人月兩人都意識到了這個問題，因此「起而任之」，意欲一統詞壇。孟稱舜在序中也說：

> 樂府以樂府以皦逕揚厲為工，詩餘以婉麗流暢為美。故作詞者率取柔音曼聲，如張三影、柳三變之屬。而蘇子瞻、辛稼軒之清俊雄放，皆以為豪而不入於格。……予竊以為不然。蓋詞與詩、曲，體格雖異，而同本於作者之情。……作者極情盡態，而聽者洞心聳耳，如是者皆為當行，皆為本色，寧必妹妹媛媛學兒女子語，而後為詞哉？〔註42〕

明代向來以婉約為詞家本色，而《古今詞統》以「發乎情」來統合詞壇的「豪放」、「婉約」風格，是明以來十分具有突破性的論點。

正因為這部詞集集大成的企圖心，所以評語常有統合性的論點，比如評白居易〈花非花〉云：

> 因情生文，雖〈高唐〉、〈洛神〉，奇麗不及也。〔註43〕

又如評王世貞〈怨王孫〉（愁似中酒），即作了風格的論述：

> 昭代如伯溫、純叔，圓厚樸老；元美、升庵，法無不盡，情無不出，儼然初、盛之分。〔註44〕

顯示出一種氣勢宏大的論述規模。

《古今詞統》的評點還有一個特色，就是箋註數量特別多。有詩句箋註者，如無名氏〈小秦王〉：「柳條金嫩不勝鴉。青粉牆頭道韞家。燕子不來春寂寞，小窗和雨夢梨花。」箋註云：

> 白居易詩：「綠絲條弱不勝鶯。」王昌齡詩：「落落寞寞路不分，夢中喚作梨花雲。」〔註45〕

〔註41〕同前註，徐士俊〈古今詞統序〉。
〔註42〕同前註，孟稱舜〈古今詞統序〉。
〔註43〕同前註，卷一，頁4。
〔註44〕同前註，卷七，頁11。
〔註45〕同前註，卷一，12～13。

還有對於字的注解，如顧敻〈荷葉杯〉（記得那時相見）「泥人無語不抬頭」句有箋註曰：

> 泥，去聲。元稹〈憶內詩〉：「顧我無衣搜畫篋，泥他沽酒拔金釵。」杜詩：「乎乎窮愁泥殺人。」一作「䛏」。顧敻詞：「黃鶯嬌轉䛏芳妍。」一作「妮」。王通叟詩：「十三妮子小窗中。」〔註46〕

其他有關傳記紀事的資料，集中也予以載錄。類似這樣的箋註式尾批相當多，考證也十分仔細。此外值得注意的是，集前有〈舊序〉、〈雜說〉兩項，收錄了各種《草堂詩餘》以及續編、補編本的序言，以及多篇的詞學論文，並且在這些文章上面都細心加上眉批。如楊慎〈詞品序〉「詩辭同工而異曲，共源而分派」一句旁，都畫上「、」標記，並眉批云：

> 余謂齊梁以前樂府多長短句，其體未定，不宜入詞，但可以煬帝〈望江南〉爲始。〔註47〕

又如王世貞〈論詩餘〉「李氏、晏氏父子、耆卿、子野、美成、少游、易安至矣，詞之正宗也……」這段詞之正變的論述，眉批云：

> 余謂正宗易安第一，旁宗幼安第一，二安之外，無首席矣。〔註48〕

足見徐、卓二人對詞學下的苦心。

至於《徐卓晤歌》，則是徐、卓二人互相唱和、互相評點之作。他們關係十分友好，在卷中隨處可見兩人塡詞唱和之樂。如徐士俊、卓人月二人作了數闋〈竹枝〉「秦淮竹枝」，卓人月即在徐士俊所作〈竹枝〉詞眉批云：

> 試以兩人詞付諸秦淮美人歌拍間，未知旗亭聲價，當復誰輸。〔註49〕

〔註46〕同前註，卷一，頁4。
〔註47〕同前註，〈舊序〉，頁5。
〔註48〕同前註，〈雜說〉，頁7。
〔註49〕同前註，《徐卓晤歌》，頁4。

這樣的競爭、較勁，可以感受到他們以填詞創作附會風雅的態度，別有一番閒適之趣。卓人月對於他的好友徐士俊的詞作，大加讚賞，如徐士俊〈百字令〉有「次坡公赤壁韻，櫽括〈前赤壁賦〉」及「再次坡公韻，櫽括〈後赤壁賦〉」二闋，卓人月評云：

> 有坡公二賦，不可無野君二詞。生同其時，未免瑜、亮之憾。〔註50〕

評語中對徐士俊的評價非常高，將他推崇至與東坡齊名，還以周瑜、諸葛亮來比喻他自嘆弗如的心情。而徐士俊對卓人月也多爲讚美之詞，如他評卓人月〈瑞鷓鴣〉（城中火樹）：

> 精緻如此，有能易一字者與千金。〔註51〕

點出了卓人月詞中的「精緻」，但是「能易一字者與千金」就有點誇張了。兩人輕鬆地賞玩對方作品，並且以互相推崇讚賞爲樂，展現出文人自賞性的評點樣貌。

3. 陸雲龍評選《詞菁》二卷

刊刻於崇禎四年，現藏於上海：復旦大學圖書館，以及北京：中國科學院圖書館。〔註52〕這部詞集名爲《詞菁》，是取詞中「菁華」的意思。他認爲，明代詞風「人巧欲盡，悉爲奇險之句；幽竅之字，實緣徑窮路絕，不得不另開一堂奧」〔註53〕，因此他「取《花間》、《草堂》並咀之，《草堂》自更新綺者」〔註54〕，以延續詞的流傳。

陸雲龍從《草堂四集》中輯錄他所認定的「菁華」，編成這部詞集。他分別自《草堂詩餘正集》中輯錄 121 闋，《草堂詩餘續集》輯錄 38 闋，《草堂詩餘別集》輯錄 26 闋，《草堂詩餘新集》輯錄 83 闋，

〔註50〕同前註，頁 35。
〔註51〕同前註，頁 22。
〔註52〕版本體例以及內容介紹，可參見陶子珍《明代詞選研究》，同註 3，頁 283～286。
〔註53〕陸雲龍：〈敘〉，陸雲龍編選：《詞菁》（明崇禎崢霄館刻本，上海：復旦大學圖書館藏）。
〔註54〕同前註。

又增選了卷一無名氏〈踏莎行〉（香罷宵薰）和卷二無名氏〈踏莎行〉
（玉臂寬環）2 闋，等於是從《草堂詩餘四集》一千六百餘闋中，擇
取了精華的兩百餘闋，可說是開了明代詞選的新貌。〔註55〕

　　陸雲龍最讚賞的詞人，莫過於劉基。他在序言中評論了劉基的
詞：

　　　　至我明郁離（劉基），具王佐才，廁身帷幄，宜同稼軒，
　　時露英雄本色。乃似柔其骨，麗其聲，藻其思，務見菁華之
　　色，則所尚可知矣。〔註56〕

有英雄之氣，同時又能兼具「柔其骨，麗其聲，藻其思」的特質，如
此才是陸雲龍編選詞的準則。因此，陸雲龍對詞的評斷，著重在兼容
各家之長，無論是豪放或婉約，他都能予以肯定。如他評論楊慎〈折
桂令〉（枕高岡坐占鷗沙）云：

　　　　聲宜鐵綽。〔註57〕

評蘇軾〈酹江月〉（大江東去）云：

　　　　奇壯，與赤壁爭險。〔註58〕

這兩闋詞都是雄壯豪邁的詞風，正是蘊含英雄氣概，慷慨縱橫之作。
而他評沈際飛〈風流子〉（對洛陽春色）云：

　　　　描摹酷至，極麗極盡。〔註59〕

評王世貞〈滿庭芳〉（尖側東風）亦云：

　　　　是鍾情人多中情語。〔註60〕

則是讚賞詞中情感眞致婉麗之作。可以看出陸雲龍欲兼融各家所長，
去蕪存菁的用心。

　　也因爲如此，他的評點方式比較喜歡逐字逐句批評，解析字句的
佳處。如評辛棄疾〈摸魚兒〉（更能消）一闋，他在首句上方眉批云：

〔註55〕參見陶子珍《明代詞選研究》，同註3，頁289。
〔註56〕同註53。
〔註57〕同前註，卷一，頁42。
〔註58〕同前註，卷一，頁29。
〔註59〕同前註，卷一，頁35。
〔註60〕同前註，卷二，頁34。

「下字有意。」然後在「何況落紅無數」等句眉批云：「痴情。」〔註
61〕又如評周邦彦〈浣溪紗〉一闋，在「樓上晴天碧四垂」等句眉批
曰：「遠景滿眼。」下半闋眉批曰：「歲月如流，可奈何。」〔註62〕評
李清照〈聲聲慢〉（尋尋覓覓）前數句云：「連下疊字，無迹能手。」
又在「獨自怎生得黑」一句評：「黑字妙絕。」〔註63〕他這種批評方
式非常注意細部，同時也使得他的評語較爲細碎簡短。

4. 潘游龍評選《精選古今詩餘醉》十五卷

已見版本爲明崇禎丁丑（十年）海陽胡氏十竹齋刊本，台北：國
家圖書館藏。〔註64〕另有排印本爲瀋陽：遼寧教育出版社，2003 年 3
月出版。《詩餘醉》承繼著前面幾部詞集的「發乎情」之說，對於婉約、
豪放兩種風格的詞作，採取兼容的態度。潘游龍在〈自序〉說：

> 詞則自極其意之所之，凡道學之所會通，方外之所靜
> 悟，閨幃之所體察，理爲眞理，情爲至情，語不必蕪，而
> 單言只句，餘於清遠者有焉，餘於摯刻者有焉，餘於莊麗
> 者有焉，餘於淒婉悲壯、沉痛慷慨者有焉，令人撫一調、
> 讀一章，忠孝之思、離合之況、山川草木鬱勃難狀之境，
> 莫不躍躍於言後言先，則詩餘之興起人豈在三百篇之下
> 乎！〔註65〕

他認爲，詞可以抒發人的情感，不論是道學會通、方外靜悟、閨幃體
察，都是眞理、至情，那麼詞自然也可以興觀群怨，不在《三百篇》
之下。他的論點，把詞抒情的體性提高到《詩經》的高度，給予一個
正統的地位，如此一來，就可以暢談這些言情之作了。

郭紹儀〈詩餘醉敘〉：「讀其所輯《康濟譜》，知爲深情人。繼示

〔註61〕同前註，卷一，頁 12。
〔註62〕同前註，卷一，頁 7。
〔註63〕同前註，卷二，頁 25。
〔註64〕版本體例以及內容介紹，可參見陶子珍《明代詞選研究》，同註 3，
　　　　頁 300～304。
〔註65〕潘游龍評選：《精選古今詩餘醉》（明崇禎丁丑（十年）海陽胡氏十
　　　　竹齋刊本，台北：國家圖書館藏），頁 3～4。

余以所選《古今詩餘》，益信麟長（潘游龍）之人之深情也。」〔註66〕

潘游龍以他「深情」的眼光來看待詞，他認爲不論哪一種風格，都是發乎作者之情，因此他選詞、評詞，也都以情感眞摯爲標準。像他評岳珂〈祝英台近〉（澹烟橫）詞云：

　　激烈感憤，類辛幼安千古江山詞。〔註67〕

評錢惟演〈玉樓春〉（城上風光鶯語亂）詞云：

　　芳樽恐淺，正斷腸處，情極悽惋，不堪多讀。〔註68〕

又如評秦觀〈鵲橋仙〉（纖雲弄巧）：

　　　按七夕歌以雙星會少別多爲恨，獨少游此詞謂情長不
　　在朝暮，是化腐爲神奇，最能醒人心目。〔註69〕

他常常以這樣感同身受的方式評詞，不論是激昂豪放，或是幽思斷腸，他都在評語中注入深厚的情感。

　　此外，潘游龍也常以論述的方式來品評詞作的藝術手法，如評謝逸〈玉樓春〉（弄晴點點梨梢雨）詞云：

　　飛破惹殘，桃嗔柳妒，極推敲之致。〔註70〕

評李後主〈蝶戀花〉（遙夜亭皐閒信步）詞云：

　　「沒個安排處」，與「愁來無著處」并絕。〔註71〕

又如評蔣捷〈霜天曉角〉（人影窗紗）：

　　　此詞妙在淡而濃、俚而雅、雅而老，又在柳秦張周之
　　上。〔註72〕

這些評論，也展現出他對詞作的鑑賞能力。值得注意的是，他的評語以尾批爲主，與其他評點詞集眉批、夾批等多種批評形式並用的方式不同，似乎意欲以「註解」的模式來取代雜記、筆談的批評模式。

〔註66〕同前註。
〔註67〕同前註，卷十一，頁3。
〔註68〕同前註，卷四，頁42。
〔註69〕同前註，卷一，頁22。
〔註70〕同前註，卷一，頁12。
〔註71〕同前註，卷二，頁8～9。
〔註72〕同前註，卷十三，頁1～2。

第四節　未見書目

　　上述可見到的評點詞集並非整個明代的全貌。根據《中國古籍善本書目》〔註73〕所錄，謹將未見書目分別條列如下：

1. 楊愼評點《花間集》二卷

　　鍾仁傑箋，天啓四年，讀書堂刻花間草堂合集本，藏於上海圖書館。〔註74〕

2. 李廷機評點《草堂詩餘》

　　（1）《重刻類編草堂詩餘評林》六卷，唐順之解注，田一雋輯，李廷機批評，萬曆十六年書林詹聖學刻本，藏於南京圖書館。（2）《新刻註釋草堂詩餘評林》六卷，李廷機批評，翁正春校正，萬曆二十三年書林鄭士豪宗文書堂刻本，藏於上海圖書館。（3）《新刻分類評釋草堂詩餘》六卷，李廷機評釋，李良臣東壁軒刻本，藏於華東師範大學圖書館。（4）《新刻硃批註釋草堂詩餘評林》四卷，李廷機評注，天啓五年周文耀刻朱墨套印本，藏於安徽省立圖書館。〔註75〕

3. 董其昌評點《新鋟訂正評註便讀草堂詩餘》七卷

　　曾六德參釋，萬曆三十年喬山書舍刻本，藏於北京圖書館。〔註76〕

4. 李攀龍評點《新刻李于麟先生批評註釋草堂詩餘雋》四卷

　　吳從先輯，書林蕭少衢師儉堂刻本，藏於上海圖書館。〔註77〕

5. 王嗣奭評點《唐詞紀》十六卷

　　董逢元輯，王嗣奭評並跋，萬曆刻本，藏於上海圖書館。〔註78〕

　　另據《中國評點文學史》所述，尚有翁正春《新刻分類評釋草堂

〔註73〕中國古籍善本書目編輯委員會：《中國古籍善本書目》（集部）（上海：上海古籍出版社，1998 年 3 月）。

〔註74〕同前註，頁 1995。

〔註75〕同前註，頁 1997。

〔註76〕同前註，頁 1997。

〔註77〕同前註，頁 1997。

〔註78〕同前註，頁 2003。

詩餘》、李攀龍《南唐二主詞匯箋》二部〔註 79〕，但並未查檢到這兩
筆資料。

　　上述書目，台灣各圖書館內均未收藏。儘管兩岸學術往來十分頻
繁，但書籍的交流尚未普及，善本古籍的取得尤爲困難，因此這些未
見書目無法一併討論，僅能以前述三節所述已見書目爲研究範疇，至
爲可惜。期望未來兩岸古籍的交流益形暢達，則本論文研究內容當可
更加完善。

〔註 79〕孫琴安：《中國評點文學史》，同註 1，頁 145～147、152～153。

第三章　評點詞集的批評形式

　　明代評點詞集的盛行，由嘉靖末年楊慎評點《草堂詩餘》展開了序幕。其後歷經萬曆到崇禎，約略百年的時間，出現了至少十餘種的評點詞集。然而我們不能不注意到，在評點詞集盛行的這段期間，正好是彌漫著「世變」〔註1〕氛圍的晚明時期，無論在政治經濟、社會環境、文化思潮等方面都面臨了重大的變遷。文人以特殊的文化性格，投入了各種文學批評的領域中。評點詞集的盛行，不僅使得詞學批評有了新的走向，同時也展現了深刻的文化意涵。

　　我們從外緣環境來看。首先，我們很容易就可以注意到一個最大的時代特徵，就是商業經濟的繁榮和印刷術的發達。以往在手抄本的時代，書籍所傳遞的是知識，然而中晚明以來，隨著印刷術日益發達，印刷數量攀升，閱讀人口激增，諸多因素交錯激盪著，書籍的出版並非完全爲了傳承文化和知識，而是成爲可販售的商品。這樣的情況下，評點這種較爲隨意、賞玩性質的批評方式被讀者所接受，自然也就大幅度地取代了專論的著作。

　　從內部環境來看，「思想解放」是最明顯的背景。傳統儒家思想

〔註 1〕毛文芳：《物‧性別‧觀看──明末清初文化書寫新探》（台北：臺灣學生書局，2001 年 12 月），頁 1。此處提及中央研究院所舉辦以「世變」爲主軸的國際會議，「世變」一詞即由此出。

認爲，情與理之間的關係，等同於情感與道德的關係。道德規範之下，「發乎情」最終也須落腳在「止乎禮義」上。明代前期，理學走上僵化一途，深深箝制人心；一直到王陽明心學的出現，才爲思想界帶來了清新的空氣。此後，個體的價值被凸顯，個人情感也得以重視，中晚明以來的文學作家都開始以「主情」這個命題來審視文學作品，詞也因爲抒情的特質而爲文人們所關注。

我們在此處所談到外緣和內部兩個方面的環境因素，是一個大時代的背景，評點詞集的萌興，就是在這樣的舞台上演。然而「評點的流行」和「對詞的關注」兩個因素何以會串聯在一起，其中還有許多細節，需要進一步探討。本章將從評點詞集的批評形式入手，考察文人何以選擇以評點的方式對「詞」這一文體作批評，然後分析評點詞集中「批評者」和「總集」（即評點對象）之間的關係，以探究評點詞集發生的成因。

第一節　評點詞集的批評模式

評點是一種隨閱隨批的批評方式。文人閱讀文本時，針對題目或作品加上評語、附註，有時也在重點處加上各種符號標記。有評語，有圈點，因此稱爲「評點」。

評點詞集中的評點，也同樣包括符號和文字的應用。以下分別加以介紹：

一、符號部分

符號包含各種圈點和直線。楊愼評《草堂詩餘》所採用的符號，是最爲單純的「。」和「、」。這兩種符號常常會交替使用，如：

> 心耿耿，淚雙雙。皓月清風冷透窗。人去秋來宮漏永，夜深

無語對銀釭。（秦觀〈搗練子〉）〔註2〕

碧雲天，黃葉地。秋色連波，波上寒烟翠。山映斜陽天接水。

芳草無情，更在斜陽外。　　黯鄉魂，追旅思。夜夜除非，

好夢留人睡。明月樓高休獨倚。酒入愁腸，化作相思淚。（范

仲淹〈蘇幕遮〉）〔註3〕

另外還有整闋僅單用「、」或「。」，如：

花落鶯啼春暮。陌上綠楊飛絮。金鴨晚香寒，人在洞房深處。

無語。無語。葉上數聲疏雨。（周邦彥〈如夢令〉）〔註4〕

汴水流。泗水流。流到瓜州古渡頭。吳山點點愁。　　思悠

悠。恨悠悠。恨到歸時方始休。月明人倚樓。（白居易〈長相

思〉）〔註5〕

從這些評點我們可以發現，他的圈點十分隨意、自由，而且混淆不清，有時候是標明佳處，有時僅僅作為押韻、斷句之用。這些圈點隨著閱讀的腳步恣意揮灑而來，給人一種模糊的印象，但是符號仍然具有標示的作用，這些不清楚的提示、標記，只能「意會」而不能「言傳」，

〔註2〕楊慎評點：《草堂詩餘》（明吳興閔暎璧刊朱墨套印本，台北：國家圖書館藏）卷一，頁1。此處參照陶子珍所撰《明代詞選研究》（私立東吳大學中國文學系博士論文，2001年6月）一書中所附之詞集題名勘誤表，當為無名氏所作。

〔註3〕楊慎評點：《草堂詩餘》，同前註，卷三，頁6。

〔註4〕同前註，卷一，頁2。清代宋澤元校刊之《懺花盦叢書》本（台北：中央研究院史語所傅斯年圖書館藏）於此詞後有按語云：「按：《詞綜》列此詞為謝無逸作。澤元識。」據《全宋詞》（台北：世界書局，1984年3月）冊二，頁646，亦著錄為謝逸所作。

〔註5〕同前註，頁3。

給予人思考空間也就更大了。圈和點是最基本、最普遍的評點符號，其他如茅暎評點《詞的》、徐士俊評點《古今詞統》，也都是採取這樣的圈點方式。

　　陸雲龍評點《詞菁》，除了圈點之外，他還加上「ᵒ」，將佳句特別標明出來。如：

> 鶯嘴琢花紅溜。燕尾點波綠皺。指冷玉笙寒，吹徹小梅春
> 透。依舊。依舊。人與綠楊俱瘦。（秦觀〈如夢令〉）〔註6〕
>
> 風住塵香花已盡，日晚倦梳頭。物是人非事事休。欲語
> 淚先流。　　聞說雙溪春尚好，也擬泛扁舟。只恐雙溪蚱蜢
> 舟。載不動、許多愁。（李清照〈武陵春〉）〔註7〕

「鶯嘴琢花紅溜」、「燕尾點波綠皺」和「風住塵香花已盡」旁邊都加上「ᵒ」，一望而知，這三句都是陸雲龍特別讚賞的佳句。

　　湯顯祖評點《花間集》所運用的符號，除了上述圈「。」和點「、」，以及空心的點「ᵒ」之外，還多了雙圈「◎」。「。」和「、」的使用比較普遍，「ᵒ」和「◎」的數量比較少，只有在他認為特別重要或特別佳妙的字句才會用上。大抵說來，這四種符號中，「◎」用來點出特別重要的詞眼，「ᵒ」用來標明佳句，有時也會配合評語來說明詞中的意境。至於「。」和「、」則是用來斷句，或者提示次佳之處。我們舉個例子來看，如溫庭筠〈菩薩蠻〉：

> 蕊黃無限當山額。宿妝隱笑紗窗隔。相見牡丹時。暫來還別

〔註6〕陸雲龍編選：《詞菁》（明崇禎崢霄館刻本，上海：復旦大學圖書館藏）卷一，頁7。此處參照陶子珍所撰《明代詞選研究》（同註2）一書中所附之詞集題名勘誤表，當為無名氏所作。

〔註7〕同前註，頁13。

離。　　翠釵金作股。釵上蝶雙舞。心事竟誰知。月明花滿

枝。（溫庭筠〈菩薩蠻〉）〔註8〕

這樣的標記很明顯可以看出，「當山額」是全詞的詞眼。在溫庭筠十五首〈菩薩蠻〉的末尾，湯顯祖有眉批云：「……如當山額、如金壓臉皆三字法……。」〔註9〕此處湯顯祖符號配合評語，目的就是要提醒讀者特別注意字法的運用。

又如湯顯祖評韋莊〈菩薩蠻〉：

洛陽城裡春光好。洛陽才子他鄉老。柳暗魏王堤。此時心

轉迷。　　桃花春水淥。水上鴛鴦浴。凝恨對殘暉。憶君君

不知。（韋莊〈菩薩蠻〉）〔註10〕

「洛陽才子他鄉老」一句，湯顯祖連書了七個「ㄖ」，並在旁邊寫道：「可憐可憐，使我心惻。」湯顯祖評點《花間集》時已年邁，一生宦途波折，爲情所困，面對如此愁緒，似乎深有所感。這段旁批不僅點出了詞中的深意，也使得讀者有了切身的感觸。

　　還有一個符號是大部分詞評點較少用到的，就是直線「｜」。直線用在字句不妥之處，或是語氣過於直露的地方，比如楊慎評周邦彥〈塞垣春〉（暮色分平野），即在末句「瘦來無一把」旁加上了一條長直線，然後眉批云：「結句不成語。」〔註11〕又如湯顯祖評牛嶠〈江城子〉，首句「鵁鶄飛起郡城東」旁也畫了直線，還加上眉批：「起句率意。」〔註12〕這些都是對於劣處的評斷，有提醒警示的作用。

〔註 8〕湯顯祖評點：《花間集》（明末烏程閔氏朱墨套印本，台北：國家圖書館藏）卷一，頁1。

〔註 9〕同前註，頁4。

〔註10〕同前註，頁20。

〔註11〕同註2，卷四，頁14。

〔註12〕同註8，卷二，頁14。

　　符號運用最爲豐富、條理最爲明晰的，就是沈際飛。他在《草堂詩餘四集‧發凡》「著品」中談到他評點所運用符號的體例：「靈慧心特之句，用『。』；爾雅流麗之句，用『、』；鮮奇警策之字，用『◎』；冷異巉削之字，用『ﾍ』；鄙拙膚陋字句，用「｜」。復用『‧』讀句，以便覽者，不囁嚅於開卷，心良苦矣。」〔註 13〕我們來看幾個例子：

　　　　漠漠輕寒上小樓。小陰無賴似窮秋。淡煙流水畫屏幽。　　　自
　　　　　　　　　　　　　　　　　　　　　　。　　　　　◎

　　　　在飛花輕似夢，無邊絲雨細如愁。寶簾閒挂小銀鈎。（歐陽脩
　　　　◎　。。。。　　◎◎　。。。。

　　　　〈浣溪沙〉）〔註 14〕

用「自在」、「無邊」修飾「飛花」、「絲雨」，十分別出心裁，沈際飛就以「◎」來提示讀者。又如：

　　　　樓上晴天碧四垂。樓前芳草接天涯。勸君莫上最高梯。　　　新
　　　　　　　　　　　　　　　　　　　　　　　　　　　　　　　。

　　　　筝看成堂下竹，落花都上燕巢泥。忍聽林表杜鵑啼。（李清照
　　　　。。。。。　　。。◎◎◎◎◎

　　　　〈浣溪沙〉）〔註 15〕

「勸君莫上最高梯」太過於直露，沒有含蓄的美感，沈際飛在這一句旁加了直線，又在眉批寫上：「粗鄙」。一闋詞中，下字有優有劣，這些批點讓得失之處一目了然。

　　沈際飛的《草堂詩餘四集‧發凡》「著品」一條，是評點詞集中第一次有人將評點的符號具體歸納，並說明用法。事實上，批點原來只是閱讀時順手作的符號註記，就像是隨手畫重點一樣。然而隨著印

〔註 13〕沈際飛評點：《古香岑草堂詩餘四集》（明末太末翁少麓刊本，台北：國家圖書館藏），頁 4。

〔註 14〕同前註，《草堂詩餘續集》卷上，頁 8。此處參照陶子珍所撰《明代詞選研究》（同註 2）一書中所附之詞集題名勘誤表，當爲秦觀所作。

〔註 15〕同前註，《草堂詩餘正集》卷一，頁 8。據陶子珍所撰《明代詞選研究》（同註 2）一書中所附之詞集題名勘誤表，當爲周邦彥所作。

刷術的發達和市場需求，圈點符號成為評點書籍中不可或缺的重要角色，樣式也越來越多樣化。和以往圈「。」、點「、」並未區分的評點詞集相較，《草堂詩餘四集‧發凡》中所介紹的符號運用，無疑是很有價值的。他不但將約定俗成的符號運用方式明確分類、歸屬功用，同時也標示著圈點不再只是模糊的提示，而具有精準的指向性。

二、文字部分

　　文字部分也就是評語，依位置的不同分為眉批、旁批、夾批、尾批等。不論是哪一種批語，內容不外以品鑑及附註為主。由於評點最大的特色就是隨閱隨批，所以評語中帶有較多的主觀性，比起論述專著，甚至是閒談性質的「話」，都更缺乏了條理性和邏輯性。因此，評點的評語內容，性質是相當混淆的，難以嚴格劃分歸類。今為研究和行文論述方便，將評語內容分為四類來談：

（一）品　評

　　評點中，品評的內容是最多的。文人對於遣詞用字、章法結構、整體風格，評斷其優劣得失。

　　對遣詞用字的批評，如：

◎　「點點字下得妙。」（楊慎評白居易〈長相思〉（汴水流）「吳山點點愁」句）〔註16〕

◎　「結句不成語。」（楊慎評周邦彥〈塞垣春〉（暮色分平野）末句「瘦來無一把」句）〔註17〕

◎　「『替』字妙。」（徐士俊評晏幾道〈虞美人〉（疏梅月下歌金縷）「一夜滿枝新綠替殘紅」句）〔註18〕

◎　「『夢裡』語妙，哪知半生富貴，亦是夢耶？」（沈際飛評李後主〈浪

〔註16〕同註2，卷一，頁3。
〔註17〕同前註，卷四，頁14。
〔註18〕卓人月彙選、徐士俊參評：《古今詞統》（明崇禎間刊本，台北：國家圖書館藏）卷八，頁21。

淘沙〉（簾外雨潺潺）「夢裡不知身是客」句）〔註19〕

◎ 「琢語甚麗。」（陸雲龍評秦觀〈如夢令〉（鶯嘴啄花紅溜）「鶯
嘴啄花紅溜。燕尾點波綠皺」）〔註20〕

對於章法結構的批評，如：

◎ 「章法妙。」（徐士俊評僧竺月華〈望江南〉（江南月））〔註21〕

◎ 「無甚雕巧，只是鋪排妥當，自無村妝羞澀態。」（湯顯祖評歐
陽炯〈賀明朝〉（憶昔花間相見後））〔註22〕

對於詞境的批評，如：

◎ 「雅練。」（沈際飛評周邦彥〈浣溪紗〉（小院閒窗春色深））〔註23〕

◎ 「纖豔。」（茅暎評張先〈減字木蘭花〉（垂螺近額））〔註24〕

◎ 「海棠零落，鶯語殘紅，好景眞良易過，風雨憂愁各半，念之使
人惘然。」（湯顯祖評歐陽炯〈鳳樓春〉（鳳髻綠雲叢））〔註25〕

◎ 「『碧紗如烟隔窗語』〔註26〕，得畫家三昧，此更覺微遠。」（湯
顯祖評溫庭筠〈菩薩蠻〉（杏花含露團香雪））〔註27〕

（二）論　述

　　這一類的評語多爲論述字法、章法等創作要訣，以及作家作品的
風格總論。

　　論述創作要訣，有講字法者，如：

〔註19〕同註13，《草堂詩餘正集》卷一，頁37。
〔註20〕同註6，卷一，頁7。此處據陶子珍所撰《明代詞選研究》（同註2）
　　　　一書中所附之詞集題名勘誤表，當爲無名氏作。
〔註21〕同註18，卷一，頁8。
〔註22〕同註8，卷三，頁4。
〔註23〕同註13，卷一，頁8。據陶子珍所撰《明代詞選研究》（同註2）一
　　　　書中所附之詞集題名勘誤表，當爲李清照作。
〔註24〕茅暎評選：《詞的》，朱之藩定：《詞壇合璧》（明金閶世裕堂刊本，
　　　　台北：中研院史語所傅斯年圖書館藏），卷二，頁1。
〔註25〕同註8，卷三，頁5。
〔註26〕此爲引李白〈烏夜啼〉：「黃雲城邊烏欲棲，歸飛啞啞枝上啼，機中
　　　　織錦秦川女。碧紗如煙隔窗語，停梭悵然憶遠人，獨宿孤房淚如語。」
〔註27〕同註8，卷一，頁2。

◎　「詩中有一句連三字者，劉駕『樹樹樹梢啼曉鶯，夜夜夜深聞子規』；復有一句疊三字者，吳融『一聲南雁已先紅，槭槭淒淒葉葉同』。歐公『深深深』字，方駕劉吳。」（沈際飛評歐陽脩〈蝶戀花〉（庭院深深深幾許））〔註28〕

◎　「連用十四疊字，後又四疊字，情景婉絕，真是絕唱。後人效顰，便覺不妥。」（茅暎評李清照〈聲聲慢〉（尋尋覓覓））〔註29〕

◎　「三句皆重疊字，大奇大奇。宋李易安聲聲慢，用十疊字起，而以點點滴滴四結之，蓋用其法，而青于藍者。」（湯顯祖評閻選〈河傳〉「秋雨。秋雨。無晝無夜。滴滴霏霏」句）〔註30〕

也有講章法結構者，如：

◎　「想君、憶來二句，皆意中意，言外言也，水中著鹽，甘苦自知。」（湯顯祖評韋莊〈浣溪沙〉（夜夜相思更漏殘））〔註31〕

◎　「短詞之難，難於起得不自然，結得不悠遠，諸起句無一重複，而結語皆有餘思，允稱合作。」（湯顯祖評歐陽炯〈南鄉子〉）〔註32〕

風格總論者，如：

◎　「此公遣調，動必數章，雖中間鋪敘成文，不如人之句雕字琢，而了無窮措大酸氣，即使瑕瑜不掩，自是大家。」（湯顯祖評顧敻〈浣溪沙〉）〔註33〕

◎　「昭代如伯溫、純叔，圓厚樸老；元美、升庵，法無不盡，情無不出，儼然初、盛之分。」（徐士俊評王世貞〈怨王孫〉（愁似中酒））〔註34〕

〔註28〕同註13，卷二，頁15。
〔註29〕同註24，卷四，頁10。
〔註30〕同註8，卷四，頁14。
〔註31〕同前註，卷一，頁20。
〔註32〕同前註，卷三，頁2。
〔註33〕同註8，卷三，頁15～17。
〔註34〕同註18，卷七，頁11。

◎ 「美成能為景語，不能為情語；能入麗字，不能入雅字。價微劣於柳。至若『枕痕一線紅生玉，喚起兩眸清炯炯』，形容睡起之妙，良足動人。」（沈際飛評周邦彥〈蝶戀花〉（月皎驚烏棲不定））〔註35〕

◎ 「不效顰漢魏，不學步盛唐，應情而發，自標位置。」（徐士俊評李清照〈念奴嬌〉（蕭條庭院））〔註36〕

（三）箋 註

即注釋，對作家、作品的補充說明，以及字音、字句或是詞牌等的考證，和典籍、詩詞的徵引。

補充說明的箋註，如：

◎ 「此亦胡浩然作也。何等佞人，將此詞添入陳後主名，六朝安得有此慢調？況『孤鶩』、『落霞』乃王勃序，後主豈預知而引用之耶？」（楊慎評陳後主〈秋霽〉（虹影侵堦））〔註37〕

◎ 「公蜀之資州人，事荊南氏，為從事，有文學名，《北夢瑣言》，公所著也。」（湯顯祖評孫光憲）〔註38〕

考證方面的箋註，如：

◎ 「西域諸國婦人，編髮垂髻，飾以褾花，如中國塑佛像瓔珞之飾。曲名取此。」（湯顯祖評毛熙震〈菩薩蠻〉）〔註39〕

◎ 「《韻書》：埭，壅水為堰，江南多有之。」（潘游龍評秦觀〈臨江仙〉（髻子偎人嬌不整）「遙憐南埭上孤蓬」句）〔註40〕

徵引典籍或詩詞者，如：

〔註35〕同註13，卷二，頁16。
〔註36〕同註18，卷十三，頁29。
〔註37〕同註2，卷五，頁13。據陶子珍所撰《明代詞選研究》（同註2）一書中所附之詞集題名勘誤表，當為無名氏作。
〔註38〕同註8，卷三，頁27。
〔註39〕同前註，卷四，頁23。
〔註40〕潘游龍評選：《精選古今詩餘醉》（明崇禎丁丑（十年）海陽胡氏十竹齋刊本，台北：國家圖書館藏）卷十二，頁6。

◎ 「《詞品》曰：玉林此詞用文句，入音律而不酸，宋詞之體也。
　他如九日詞『蘭珮秋風冷，茱囊晚露新』，暮春詞『遲日暖薰
　芳草，眼好風輕，撼落花心』，皆其佳句。」（徐士俊評黃昇〈賀
　新郎〉（自掃梅花下））〔註41〕

◎ 「王摩詰：『坐看蒼苔色，欲上人衣來。』王荊公：『坐看蒼苔文，
　欲上人衣來。』」（徐士俊評劉基〈卜算子〉（春去蝶先知）「惟
　有青苔最可憐，欲上人衣袂」句）〔註42〕

◎ 「詩：『六街燈火半明昏。』」（潘游龍評歐陽脩〈木蘭花〉（西亭
　飲散清歌闋）末句「禁斷六街清夜月」）〔註43〕

（四）紀　事

即紀錄與作家、作品相關的傳記資料或趣聞。

◎ 「乃東坡次子蘇叔黨過所作，是時方禁坡文，故隱其名。」（楊
　慎評汪藻〈點絳脣〉（高柳蟬嘶））〔註44〕

◎ 「宋紹興中，杭州酒肆有道人攜烏衣椎髻女子，買斗酒獨飲，女
　子歌以侑之，歌詞非人世語。或記之以問一道士，道士曰：『此
　赤城韓夫人做〈法駕導引〉也。』凡三疊即法曲之腔。詞所從
　來，諸如此類，變而浸失其傳者不少矣，故以記之末簡。」（湯
　顯祖評李珣〈河傳〉）〔註45〕

◎ 「此南唐人，名亦不著，然詞極清秀，未可刪也。一說絳病痁，
　夜夢白衣婦人歌此，因謂曰：『子食蔗即愈』，如言果瘳。」（潘
　游龍評盧絳〈菩薩蠻〉（玉京人去秋蕭索））〔註46〕

◎ 「唐乾寧三年，李茂貞犯京師，昭宗欲幸太原，韓建請幸華州，

〔註41〕同註18，卷十六，頁2～3。
〔註42〕同前註，卷四，頁40。
〔註43〕同註40，卷三，頁10。《全宋詞》題作〈玉樓春〉（同註4，冊一，
　　　頁132）。
〔註44〕同註2，卷一，頁4～5。
〔註45〕同註8，卷四，頁32。
〔註46〕同註40，卷七，頁11。

鬱鬱不樂，時登樓西眺，制此。又嘗以歌辭賜韓建，以詩及〈楊柳枝〉詞賜朱全忠，皆憚之故也。」（徐士俊評唐昭宗〈菩薩蠻〉（登樓遙望秦宮殿））〔註47〕

◎　「白樂天遷九江，聞商船夜彈琵琶，問之，乃長安倡，年長委身賈婦，自敘少時樂事，今漂淪江湖，因作〈琵琶歌〉以贈。」（潘游龍評蘇軾〈木蘭花〉（檀槽響碎金絲撥））〔註48〕

上述四種評語，並不可以截然劃分。像是品評和論述就常常融合在一起，如：

詩中有一句連三字者，劉駕「樹樹樹梢啼曉鶯，夜夜夜深聞子規」；復有一句疊三字者，吳融「一聲南雁已先紅，械械淒淒葉葉同」。歐公「深深深」字，方駕劉吳。（沈際飛評歐陽脩〈蝶戀花〉（庭院深深深幾許））〔註49〕

這段評語前面談的是字法，並舉了劉、吳二人的實例來講解，而評語末尾「歐公『深深深』字，方駕劉吳」一句，很明顯就是在評斷作品優劣。補充說明作家或作品這一類的箋註，與紀事類亦難以區別。而紀事同樣也帶有箋注的性質，譬如：

乃東坡次子蘇叔黨過所作，是時方禁坡文，故隱其名。

（楊慎評汪藻〈點絳唇〉（高柳蟬嘶））〔註50〕

像這段評語，究竟是箋註還是紀事，其實根本無法加以二分。另外，提到作者與個人風格，或是徵引古籍詩詞時，評點者心目中的審美角度，也會融入在評語當中。如：

《詞品》曰：玉林此詞用文句，入音律而不酸，宋詞之體也。他如九日詞「蘭珮秋風冷，茱囊晚露新」，暮春詞「遲日暖薰芳草，眼好風輕，撼落花心」，皆其佳句。（徐士

〔註47〕同註18，卷五，頁9。
〔註48〕同註40，卷十四，頁4。據陶子珍所撰《明代詞選研究》（同註2）一書中所附之詞集題名勘誤表，當爲歐陽脩作。又《全宋詞》（同註4）題爲〈玉樓春〉。
〔註49〕同註13，卷二，頁15。
〔註50〕同註2，卷一，頁4～5。

俊評黃昇〈賀新郎〉(自掃梅花下))〔註51〕

將自己的觀點，藉由引述《詞品》的話說出來，像這樣的評語就同時
含有箋註和品評的性質。

孫琴安在《中國評點文學史》一書中提到，評點文學的來源有二，
一是訓詁學，二是歷史學。〔註52〕我們可以很明顯看出來，「箋註」
一類，十分接近「訓詁學」這一來源的原始樣貌；而「紀事」一類則
是接近於歷史學。至於「品評」和「論述」二類，則是接續著訓詁學、
歷史學這兩個源頭，演繹發展，到達文藝批評的形式狀態。這些包含
了訓詁學、歷史學和文藝批評的評語，與逐步發展成熟的符號運用，
組成了詞批評的新面貌。

三、符號與文字的關係

前面將各種符號的運用方式，以及評語所涉及的各種內容予以分
類說明，那麼，文字和符號之間的關係是如何？評點者又是如何操作
這些類別的文字與符號呢？大抵說來，符號與文字的實際操作情形，
可分為兩種情形來談：

（一）符號與文字是分開的。這又可分為兩類，第一類，是只有
圈點而沒有評語，如前面所舉例楊慎評點謝逸的〈如夢令〉：

花落鶯啼春暮。陌上綠楊飛絮。金鴨晚香寒，人在洞房深處。

無語。無語。葉上數聲疏雨。〔註53〕

又如茅暎評點白居易〈長相思〉：

汴水流。泗水流。流到瓜州古渡頭。吳山點點愁。　　思悠

〔註51〕同註18，卷十六，頁2～3。
〔註52〕孫琴安：《中國評點文學史》(上海：上海社會科學院出版社，1999
　　　　年6月)，第一章〈中國評點文學的來源〉，頁1～13。
〔註53〕同註4。

悠。恨悠悠。恨到歸時方始休。月明人倚樓。〔註54〕

這兩闋詞都是只有圈點符號，而沒有任何批語。儘管如此，我們仍然可以從圈點符號中判斷「葉上數聲疏雨」和「吳山點點愁」、「恨到歸時方始休」、「月明人倚樓」等，都是詞中的佳句。

　　另一類是有評語有圈點，但是評語和圈點並無多大關係。如湯顯祖評點顧敻〈臨江仙〉：

幽閨小檻春光晚，柳濃花澹鶯稀。舊歡思想尚依依。翠鬟紅

斂，終日損芳菲。　　何事狂夫音信斷，不如梁燕猶歸。畫

堂深處麝煙微。屏虛枕冷，風細雨霏霏。〔註55〕

眉批云：「頌酒賡色，務裁艷語，毋取乎儒冠而胡服也。」他以圈點指出「風細雨霏霏」是佳句，但是他的評語主要在論述他的詞學觀點。又如徐士俊評唐昭宗〈菩薩蠻〉：

登樓遙望秦宮殿。茫茫只見雙飛燕。渭水一條流。千山與萬

丘。　　遠烟籠碧樹。陌上行人去。何處是英雄。迎儂歸故

宮。〔註56〕

眉批云：「隋煬、王衍、孟昶、李景、李煜、錢俶、宋徽一流。」這段評語和他的圈點毫不相干，圈點作用僅在於斷句，而眉批則是對於諸多作家的評述。

　　（二）符號與文字密切結合。評點者以圈點符號標示詞中的優劣

〔註54〕同註24，卷一，頁7。
〔註55〕同註8，卷三，頁22。
〔註56〕同註18，卷五，頁9。

之處，然後以批語加強說明。如前面所舉例湯顯祖評韋莊〈菩薩蠻〉：

> 洛陽城裡春光好。洛陽才子他鄉老。柳暗魏王堤。此時心轉迷。　桃花春水淥。水上鴛鴦浴。凝恨對殘暉。憶君君不知。（韋莊〈菩薩蠻〉）〔註57〕

湯顯祖顯然對於「洛陽才子他鄉老」一句頗有深會，不僅連畫了七個「ↄ」表示他的賞愛，並在旁邊寫道：「可憐可憐，使我心惻。」又如楊愼評點晏幾道〈鷓鴣天〉

> 綵袖慇勤捧玉鍾。當年拚卻醉顏紅。舞低楊柳樓心月，歌盡桃花扇底風。　從別後，憶相逢。幾回魂夢與君同。今宵勝把銀釭照，猶恐相逢是夢中。〔註58〕

楊愼在「舞低楊柳樓心月，歌盡桃花扇底風」句旁批云：「工而艷，不讓六朝。」在「今宵勝把銀釭照，猶恐相逢是夢中」句，則眉批云：「唐詩：『乍見翻疑夢，相悲各問年』即此意。」可見此處評語和圈點符號兩者是相配合的。另外如前文探討符號部分「◎」和「｜」等符號時所引用的諸多詞評點，也同樣屬於這一類。

事實上，評點詞集當中，每一闋詞作旁都會加上批點符號；不論這些符號只是作爲斷句之用，或是爲了圈選出詞句的優劣得失，評點者隨閱隨批，信手拈來，很難具有精準的意義，許多時候僅能提供一種相對的、抽象的概念。然而以閱讀習慣而言，批點必然是先於評語，在文本旁加上表現各種即時心得的標記，而後才有評述、品鑑和補充說明。因此，評語在評點詞集中可以說是附加的，以發生時間來說是

〔註57〕同註10。

〔註58〕同註2，卷二，頁3。

居次的，只是在研究詞學批評時，語言文字畢竟比符號要來得具體，因此非以評語爲優先不可。

　　既明於此，我們可以從兩個方面來檢視評點詞集中的評點操作情形。由前述以內容劃分的四類評語來看，紀事類的評語大多與評點符號無關，箋註類則有少部分批語和評點相關；至於品評和論述二類，與符號的關係較爲密切，詞評點中主要展現評點者的詞學觀和審美觀，也多出自這兩類。如以各家評點詞集來看，沈際飛《草堂詩餘四集》幾乎每闋詞都會加上圈點和批語，評語數量最多；徐士俊、卓人月的《古今詞統》以及潘游龍《精選古今詩餘醉》二部詞集，附有批語的詞作數量位居其次，僅有少部分詞作沒有評語。這三部評點詞集，不僅圈點符號運用活潑，評點內容也相當豐富嚴謹，總的說來，評語和符號關係是較爲緊密的。而楊慎《草堂詩餘》和湯顯祖《花間集》則有部分詞作並未加上批語，大抵是由於《草堂詩餘》和《花間集》是既有的詞集，並非以評點者本身的意願所編選的詞集，因此對於部分的詞作未能有深切的感受或喜好。至於陸雲龍《詞菁》與茅暎《詞的》大致說來評語較少，似乎不全然以評點作爲詞集的編纂目的。有關這部分，牽涉到評點者選取評點對象的心態差異，將於第三節論述。

第二節　詞批評形式的選取

　　詩詞的批評，向來以「話」居於主導地位。除了少數的序跋有展露出作者的詞學觀點之外，眞正有意從事詩詞批評者，都以「話」爲首選。自北宋歐陽脩的《六一詩話》開創了「話」的體例之後，文人競相仿效，不論詩話或詞話，創作數量都相當可觀，這種評論方式深植文人心中，成爲詩詞批評的基本模式。然而，明以來的文人在批評詞時，卻採取了一條新的批評路徑：評點詞集，並且大幅取代了傳統「話」這一批評模式的地位。

　　我們從數量的統計來看，明代的評點詞集估計至少有十餘種，根據張仲謀在《明詞史》中所言，明代可以詞話名書獨立成卷者，至少不下十餘家﹝註59﹞，兩者在數量上旗鼓相當。這種情形是十分特殊的，因爲不論是在明代之前或之後，詞話的數量都遠遠多於詞評點。宋代的文學評點還在發展階段，尚未成熟，文人並沒有評點的習慣，再加上歐陽脩首創詩話的體例，司馬光又繼起撰寫了《續詩話》，他們都是在文壇十分有影響力的人物，自然帶起了「話」的風氣，因此詩詞的批評仍以「話」爲主，評點僅佔極少數；而清代以後儘管評點風氣相當盛行，但清代文人專注在詞話的撰寫，整個清代詞話共有近百種，是評點詞集所無法望其項背的。

　　另外值得注意的是，明代的詞話流傳下來的並不多。唐圭璋所編《詞話叢編》﹝註60﹞中收錄明代詞話僅有四種；張仲謀雖然已指出明代詞話「至少不下十餘家」，但評點詞集十餘種都是目前可見到的，藏於兩岸各地的圖書館中，而諸多詞話卻已散軼，仍待輯考。評點詞集今存的數量比詞話多，可見評點詞集比詞話更受到重視，因爲唯有受到重視以及有讀者閱讀的書籍，才能流傳至今。

　　上述的統計，都說明了晚明詞批評型態的改變。詞批評的發展到了晚明，從傳統的「詞話」暫時轉移到新興的評點詞集，在這段期間內，文人對於批評模式的選取是個值得深思的問題。

　　文學史的發展規律，可以提供我們一個很有趣的思考方向。所謂「唐詩」、「宋詞」，詩和詞正好是整個唐代和宋代文體發展最爲繁盛的代表，而詩話和詞話都是在詩詞流行的當時悄悄展開，其後，唐詩宋詞的盛世不再，對詩詞的討論多了起來，詩話、詞話也就隨之興盛，隱然有一規律的脈動在其中。當然，文學史的規律並不是死板的規律，必然有其內部的因素在，並不能純然以一種文類來作爲一代文學史的概括。而且「話」這一批評手法，自歐陽脩《六一

﹝註59﹞張仲謀：《明詞史》（北京：人民文學出版社，2002年2月），頁343。
﹝註60﹞唐圭璋編：《詞話叢編》（北京：中華書局，1986年11月）。

詩話》創始以來，都是以「閒談」爲主，態度並不嚴正，一直到南宋之際，才逐漸有意識、系統性地論述作品，至嚴羽《滄浪詩話》臻於完備，因此「話」一開始也不是爲了認眞地討論作品而作。但是我們由此可以引發一個思考：宋人詩話盛行，一來是由於唐代是詩歌的黃金時代，各種題材、樣式都已發展到極致，而他們並未替自己的創作經驗作總結，因此這樣的重責大任也就落入了宋人的肩上；二來是基於寫作方式創新的渴求，需要對作家作品分流別派加以討論，分析前人作法是否有跡可循。論詩風氣之盛行，促使詩話盛於宋。而宋代爲詞的盛世，詞話何以不盛行於明，反而跳過了明代，到了清代才蔚爲風潮？

我們再進一步，從文體代興的角度來看。一代有一代的文學，是由於每個時代中有特定的文化條件、審美理想和民族情感，有專屬於該時代的文化土壤，才會孕育出代表該時代的文學。當然這樣的時代文學是獨特的，是不可重複的歷史內容。但是既然曾經有過這樣的盛世，後人必然產生慕古之情，或者仿效舊有的典範，或者另闢蹊徑，不論作了什麼努力，都是基於一種「追隨」的欲望和使命感。這樣一來，理論越來越多，經過詮釋、演繹，這條路也就越偏越遠。儘管對於該文體的論述更多，理論更加深化，但似乎也越代表著該文體的墮落，這個文體再也不可能保有盛行當時的風貌。在宋代，嚴羽對於這點就有所自覺。他在《滄浪詩話》中云：

> 盛唐諸人，惟在興趣，羚羊挂角，無跡可求。……近代諸公乃……以文字爲詩，以才學爲詩，以議論爲詩，夫豈不工？終非古人之詩也。〔註61〕

明代李東陽《麓堂詩話》也批評了宋人：

> 唐人不言詩法，詩法多出於宋，而宋人於詩無所得。〔註62〕

〔註61〕嚴羽：《滄浪詩話》，收於何文煥編：《歷代詩話》（台北：藝文印書館，1991 年 9 月），頁 443。

〔註62〕李東陽：《懷麓堂詩話》，收於清・丁仲祜編：《續歷代詩話》（台北：藝文印書館，1983 年 6 月）下冊，頁 1604。

李夢陽〈缶音序〉亦云：

> 宋人主理作理語，於是薄風雲月露，一切劃去不爲。

又作詩話教人，人不復知詩矣。……〔註63〕

且不論這樣的論點是否偏頗，宋人論詩法、開宗派，儘管他們作詩風氣並不亞於唐代，但是盛行的時代過了，「後世莫能爲繼」（王國維〈宋元戲曲考序〉）是文人所共同體認。也因此，才會引發「宋詩不如唐」的議論。而在詞壇上，文學史的論述往往認定清詞挾著中興之勢，帶來了詞體旺盛的生機，清人自己對此也感到自豪。如杜文瀾說：「我朝振興詞學，國初諸老輩，能矯明詞委靡之失，鑄爲偉詞。」〔註64〕但是我們不能忘記，詞發展到清代，譜調早已亡佚，清人才會如此積極從事詞學上的考定。清人論詞、作詞，也由於明代詞壇的衰敗，而有強烈的「救弊」、「尊體」的企圖心。甚至於爲了「復雅」，清人往往在解析詞作時，加諸崇高的儒家思想，幫詞套上「寄情」之說，讓詞堂而皇之進入正統文學的領域。那麼清詞儘管有了新的地位，有了新的美感和創作手法，但清詞的興盛僅能是清代之詞，而不會是「宋詞」了。

不管怎麼說，文體的發展既有「代興」的發展脈絡，後代的承繼和追隨是使理論深化的因素。我們看到清代詞話的盛況，不禁要問，明代詞壇爲何沒有這種承繼和追隨，必須延至清代才有？而明代詞的「中衰」，較之史上宋詩的不如唐，是更顯而易見的事實，爲何明詞的「墮落」會到清代才開始反思、開始力挽狂瀾？又爲何詞話沒有在明代盛行起來，卻發展出「評點詞集」這種批評模式？

當然，大時代的背景是很重要的。不論在史學或是文學史的研究，明代社會經濟的轉型早已爲學者所關注，而這樣特殊的社會型態

〔註63〕李夢陽：《空同集》卷五十一，收於葉慶炳、邵紅編：《明代文學批評資料彙編》，《中國文學批評資料彙編》之七（臺北：成文出版社，民 1979 年 9 月），頁 289～290。

〔註64〕杜文瀾《憩園詞話》卷一，收於唐圭璋編：《詞話叢編》（同註 60）冊三，頁 2853。

確實影響整個明代文人的文化性格和思考理路，也是學界所共識。印刷術發達，書籍刊刻種類繁多，文學作品逐漸有商品化的傾向，評點這一批評模式於是開始盛行。孫琴安在《中國評點文學史》中即明確指出：明代，是評點文學的全盛時期〔註65〕，尤其從萬曆中到明末，幾乎所有具知名度的作家都有評點文學方面的著作，許多不知名的作家和身居要位的顯赫人物，也都熱衷此道〔註66〕，造成了空前的繁盛局面。這樣的流行也影響了對「詞」這一文體的批評，從嘉靖末年楊慎評點《草堂詩餘》開始，經過萬曆到崇禎，約略百年的時間，出現了至少十餘種的評點詞集。

　　但是，時代背景僅能說明事件發生的場景，那麼發生的原由呢？我們還是要再追問，除了整個時代風氣的影響之外，有什麼更細部的原因，使得詞批評的型態轉移呢？

　　我們檢視舊有的詞批評形式——詞話，我們不難發現，評點的評語內容與「話」的批評話語極爲相近。我們從《詞話叢編》〔註67〕中，摘錄幾則評語來看。如：

　　　　苕溪漁隱曰：「東坡大江東去赤壁詞，語意高妙，眞古今絕唱。⋯⋯（《苕溪漁隱詞話・和東坡赤壁詞》）〔註68〕

以及：

　　　　秦淮海詞，古今絕唱，如〈八六子〉前數句云：「倚危亭。恨如芳草、萋萋劃盡還生。」讀之愈有味。又李漢老〈洞仙歌〉云：「一團嬌軟，是將春柔做，撩亂隨風到何處。」此有腔調散語，非工於詞者不能到。⋯⋯（《拙軒詞話・毛達可詩用秦語》）〔註69〕

這兩則評語，分析品定了詞作的佳妙之處，屬於品評類的評語。

〔註65〕同註 52，頁 87。
〔註66〕同前註，頁 107。
〔註67〕同註 60。
〔註68〕同前註，冊一，頁 168。
〔註69〕同前註，頁 193。

論述類如：

康伯可、柳耆卿音律甚協，句法亦多好處，然未免有
鄙俗語。(《樂府指迷·康柳詞得失》)〔註70〕

這是作家風格得失的論述。又如：

結句須要放開，含有餘不盡之意，以景結尾最好。如清
真之「斷腸院落，一簾風絮」，又「掩重關，徧城鐘鼓」之
類是也。或以情結尾亦好。往往輕而露，如清真之「天便教
人，霎時廝見何妨」，又云：「夢魂凝想鴛侶」之類，便無意
思，亦是詞家病，卻不可學也。(《樂府指迷·論結句》)〔註71〕

這一段則是論述結句的作法。

箋註類如：

（引「明月幾時有」詞）是詞乃東坡居士以丙辰中秋
歡飲大醉，作水調歌頭兼懷子由，時丙辰熙寧九年也。……
(《復雅歌詞·蘇軾》)〔註72〕

這是對詞作附帶說明的評語。另外還有引用類的箋註：

晁無咎評本朝樂章云：「世言柳耆卿之曲俗，非也。如
〈八聲甘州〉云：『漸霜風悽慘，關河冷落，殘照當樓。』
此唐人語不減高處矣。」(《魏慶之詞話·晁無咎評》)〔註73〕

紀事類評語，像是：

偽蜀主孟昶，徐匡璋納女於昶，拜貴妃，別號花蕊夫
人。……王師下蜀，太祖聞其名，命別護送。途中作詞自
解云：「初離蜀道心將碎……。」陳無己以夫人姓費，誤也。
(《能改齋詞話·花蕊夫人詞》)〔註74〕

以及：

周美成在姑蘇，與營妓岳七楚雲者游甚久，後歸自京
師，首訪之，則已從人矣。明日飲於太守蔡巒子高坐中，

〔註70〕同前註，頁278。
〔註71〕同前註，頁279。
〔註72〕同前註，頁59。
〔註73〕同前註，頁201。
〔註74〕同前註，頁134。

見其妹，作〈點絳唇〉曲寄之云：「遼鶴西歸，故鄉多少傷
心事。短書不寄。魚浪空千里。……」(《碧雞漫志·周美成點
絳唇》) 〔註75〕

這些例子與前面評點的評語相對照，可以發現兩者關注的範疇、評論
模式、論述話語都十分雷同，那麼，為什麼文人會選取評點來批評詞，
而不是延續「話」的批評傳統？

我們從批評形式來看，除了評點有圈點符號之外，兩者最大的不
同就在於：評點是貼近文本的批評方式，而話不是。我們可以從「摘
句批評」的運用情形來看。話的品評、鑑賞，完全依賴「摘句批評」。
基於追求美善的使命感，文人論述各種藝術手法，點出優美或劣等的
字句、意境，為了提示讀者，「話」的作者必須將該詩詞引出，才能
進一步討論。如：

周美成長短句，純用唐人詩句，如「低鬟蟬影動，私
語口脂香」，此乃元白全句。賀方回嘗言，吾筆端驅使李商
隱、溫庭筠常奔走不暇。則亦可謂能事矣。(《浩然齋詞話·
周賀詞用唐詩》) 〔註76〕

雪浪齋日記云：「晏叔原工小詞，如『舞低楊柳樓心
月，歌盡桃花扇底風』，不愧六朝宮掖體。荊公小詞云：『揉
藍一水縈花草。寂寞小橋千嶂抱。人不到。柴門自有清風
掃。』略無塵土思。山谷小詞云：『春未透。花枝瘦。正
是愁時候。』極為學者所稱賞。秦湛度嘗有小詞云：『春
透水波明，寒峭花枝瘦。』蓋法山谷也。」(《苕溪漁隱詞話·
秦處度法山谷》) 〔註77〕

經由摘錄這些特殊的句子，評論者可以逐一剖析風格和表現手法。又
如：

馮叟詩話云：「……李景有曲『手捲真珠上玉鉤』，或
改為『珠簾』。舒信道有曲云：『十年馬上春如夢』，或改

〔註75〕同前註，頁90。
〔註76〕同前註，頁234。
〔註77〕同前註，頁164。

云『如春夢』，非所謂遇知音。(《苕溪漁隱詞話‧好句不能改》)
〔註78〕

　　宇文元質，西蜀文人。一日開樽，有官妓歌于飛樂，
末句云：「休休，得也，只消戴一朵荼蘼。」宇文改一字云：
「休休，得也，只消更一朵荼蘼。」更字便自工妙不俗。
文章一字之難與。(《魏慶之詞話‧宇文元質》)〔註79〕

這兩段則是在評語中談論字句的異同，詞作可能因為一字的更動，而
帶來不同的感受與風貌。

　　周慶華在《詩話摘句批評研究》一書中指出，摘句批評的普遍
現象有四：一，以特殊的詩句為對象；二，以價值的評估為依歸；
三，以批評的語言為媒介；四，以單一的判斷為手段。〔註80〕不論
詩話或詞話，摘句批評就是「話」評論的最大特色。然而相對於評
點，這個特色在某意義來說也算是一種侷限。「話」的批評若不摘句，
就無從評起；而評點同樣符合上述四種現象，但卻是直接貼近文本
的，不須摘句，就可以直接針對詞作加以評述。更進一步來看，評
點的圈點符號具有提示功能，讀者不僅可依照符號的樣式判斷優
劣，更能夠經由對於某字某句的圈點，注意到評點者對於該字句的
品鑑，如此一來，圈點也常常具備「摘句」的性質，而且比「話」
更能夠觀照詞作的整體。

　　所以，評點的評論比話更自由，更能夠恣意發揮。也因此，它也
有個最大的優勢，是「話」所做不到的，那就是立即的實例教學。話
的品評、論述，目的也是在評價優劣、討論創作方法和宣揚詞學觀點，
但是話是以欲論述的觀點為主，然後摘錄適當句子為輔；評點的論述
則是針對作品本身判斷優劣得失，不論是字句、章法的運用，或是作
品的意境、表現手法，都能夠貼近講解。譬如楊慎評白居易〈長相思〉

〔註78〕同前註，頁 161。
〔註79〕同前註，頁 205。
〔註80〕周慶華：《詩話摘句批評研究》(台北：文史哲出版社，1993 年 9 月)，
　　　　第三章〈詩話摘句批評的現象〉，頁 67～111。

（汴水流）「吳山點點愁」句為：「點點字下得妙。」〔註81〕又如陸雲龍評李清照〈聲聲慢〉（尋尋覓覓）前面數句云：「連下疊字，無迹能手。」又在「獨自怎生得黑」一句眉評云：「黑字妙絕。」〔註82〕像這樣的批評，可說是俯拾即是，隨手翻閱評點詞集，幾乎以這樣的評語為主。相對來說，「話」的評論就無法像評點能夠觀照到這麼細微的部分，而多以風格的論述和綜合比較為主。

另外，詞話由於其筆記叢談式的寫作，往往以紀事類居多，如宋代楊湜的《古今詞話》、張侃的《拙軒詞話》、魏慶之的《魏慶之詞話》等，全書幾乎都以紀事體為主，評點詞集的紀事儘管為數不少，但兩者型態差別很大：詞話的紀事以人事為主軸，然後引詞作、摘句，加以評論；評點則是以詞作為主軸，紀事是用來記載與該詞作、詞人相關的本事。最重要的是，評點並不會像部分詞話全以紀事體為主，評點的最大目的，仍是在於對詞作的賞析、導讀，為數最多是字法、句法和章法的分析，與詞話的訴求不同。

這樣貼近文本的論述，我們可以嗅到一股特有的、屬於中晚明的文化氣味，就是在商業型態主導下，文人「仲介」文本的企圖心。「話」這一類的專論作者是個人的、獨立的，是為了某些理念的宣揚或分享，以及紀錄奇文逸事，以筆記叢談的方式撰寫。評點除了這些目的之外，更重要的是文人居於介紹者的立場，有意識地選取文本，加以解讀，將自身的所欲傳達的觀點，附著於文本，介紹給讀者。而對於讀者來說，有作法分析，實例解說，同樣也有詞壇趣聞，那麼這樣的書籍在閱讀上比「資閒談」的話更有閒談的趣味，而且在悠閒的閱讀同時，還能逐字逐句地去學習創作方式，正好符合了中晚明以來文人隨意、浪漫的習性。

此外，文人對於詞的態度，也助長了評點詞集的流行。中晚明以來，「情」被提升到極崇高的地位，文人也因為主情的觀念，注意到

〔註81〕同註2，卷一，頁3。
〔註82〕同註6，卷二，頁25。

許多向來被認定為「小道」的文體，如戲曲、小說等等。詞的「小道」
性格和抒情的體裁，使得以主情自我標榜的的晚明文人，對詞採取了
既輕忽、漫不經心，又想要細細賞玩、琢磨的態度。文人以如此的態
度投入詞的評點中，而這樣的批評方式也迎合了讀者的口味，一種商
業氣息在文人的仲介和讀者接受中展開，評點獨特隨性的批評特色，
驅使文人採取評點而逐漸捨棄「話」。

第三節　評點對象的選擇

　　評點的出現與文學作品的商品化有很大的關係。經由評點者的
「仲介」，可達成最大的群眾效益，就是詞選集的傳播。有些詞選集
在名氣較大的文人親手批點之後，達到流傳的目的，如楊慎評點《草
堂詩餘》，帶起了文人對《草堂詩餘》的喜好；湯顯祖評點《花間集》，
則使得原本幾乎失傳的《花間集》重新在市面流傳開來，都是很好的
例子。而自行編選的詞集，也可以經由評點來介紹給讀者，增加銷售
量。像是《古今詞統》，其編選之初甚至名為《詩餘廣選》，而且掛名
為陳繼儒所選，這種商業手法就十分明顯。評點成為一種商業的宣傳
手段，那麼評點詞集必然比平常的詞選集更能達到流通的效果。這也
反映出晚明所特有的文化現象。

　　然而，評點者和所評點對象之間的關係並不是單一的。評點詞集
按照評點者和評點對象的關係可分為三種類型：第一種是對於既有的
詞集加以評點，如楊慎評點《草堂詩餘》、湯顯祖評點《花間集》以
及其他諸多《草堂詩餘》的批本等等，都屬於這一類。第二種是自己
選詞自己評點，如茅暎評選《詞的》、陸雲龍評點《詞菁》、潘游龍評
選《精選古今詩餘醉》等等。第三種是朋友之間的詞作互評，這類僅
有卓人月、徐士俊二人的《徐卓晤歌》一卷，附於他們所評選《古今
詞統》一書的最後。

　　這三種評點對象的選擇，代表評點者的心態差異。

第一種，對於既有的詞集評點者，主要是爲了傳播詞選集，進而推動這部詞選集的流通。楊愼評點了明代最爲流行的《草堂詩餘》，各種續編批點本相當多，刊本與批評者互相激盪，造就了《草堂詩餘》的熱潮。而湯顯祖評《花間集》則是由於《花間集》失傳已久，希望能藉著評點使得《花間集》再傳於世。他在序言云：「《花間集》久失其傳。正德初楊用修遊昭覺寺，寺故孟氏宣華宮故址，始得其本行於南方。」〔註83〕楊愼將他所發現的《花間集》傳刻於南方，但流傳仍十分有限。湯顯祖在序言中又說：「《詩餘》流遍人間，棗梨充棟，而譏評賞鑑之者亦復稱是，不若留心《花間》者之寥寥也。」〔註84〕《草堂詩餘》早已如日中天，而《花間集》仍然很少被注意到。湯顯祖也非常清楚他在文壇上的地位，他藉由評點的方式，促成了《花間集》的盛行。據蕭鵬《群體的選擇──唐宋人選詞與詞選通論》一書統計，明代《花間集》的版本總數爲十九種，其中四種爲藏本，刻本有十五種。〔註85〕藏本有可能並未流傳，所以世所流傳的當爲此十五種刻本。但是在正德前，《花間集》的刻本僅有「明正德陸元大翻刻晁本」、「明正統吳訥百家詞本」兩本而已，其餘都在正德之後，尤其集中在萬曆、天啓年間。因此《花間集》的流行，確實與湯顯祖的評點有密切的關係。

第二種則是文人在編選詞集的同時，引導讀者理解詞集編選的目的，並以評點加強自己的論點和立場，這一類比較偏向個人理念的宣揚。最明顯的如茅暎編選《詞的》，以豔詞作爲他評選的標準。他在〈凡例〉中即開宗明義說：

> 幽俊香豔，爲詞家當行；而莊重典麗者次之。故古今
> 名公悉多鉅作，不敢攔入，匪曰偏徇，意存正調。〔註86〕

〔註83〕湯顯祖：〈花間集序〉，同註8，頁3～4。
〔註84〕同前註，頁4。
〔註85〕蕭鵬《群體的選擇──唐宋人選詞與詞選通論》（1990年南京師範大學博士論文）（台北：文津出版社，1992年11月），頁238。
〔註86〕同註24，頁1。

他認爲，「幽俊香豔」爲詞家當行，「莊重典麗」者居次，他把豔情當作「正調」，闡揚自己觀點的意圖十分明顯。茅暎在評點中評蔣捷〈女冠子〉（蕙花香也）云：「麗景幽思，令人想殺。」〔註87〕而評張先〈減字木蘭花〉（垂螺近額）眉批云：「纖豔。」〔註88〕都著重在柔美纖靡的情思。

當然，第一種和第二種評點詞集，儘管評點之初選擇評點對象的心態不同，但最後達到的目的有時候是混同的。他們一樣可以藉評點來宣傳詞集，藉著詞集的流通來闡釋自己的觀點。如湯顯祖評點《花間集》的目的，除了傳播《花間集》之外，同時也在宣揚他「主情」的理想。〔註89〕另外，沈際飛所評點的《草堂詩餘四集》，和陸雲龍所評點的《詞菁》，性質又更爲複雜。沈際飛是將《草堂詩餘》和當時文人以及他自己編選的《草堂詩餘》續選、補編系列串聯起來，成爲規模龐大的《草堂詩餘》叢書。而陸雲龍則是刪選《草堂詩餘》，抽取出他所認爲菁華的部分。這兩種詞集都是對於既有的詞選，依自己的意願集結或刪定，然後加上評點。同時他們重新編排《草堂詩餘》，都是有自己的詞學觀點，想藉著書籍的流通，傳達給讀者。沈際飛編選的目的是爲了「傳情」，他在〈草堂詩餘四集序〉中云：

> ……文章殆莫備於是矣。非體備也，情至也。情生文，文生情，何文非情？而以參差不齊之句，寫鬱勃難狀之情，則尤至也。……詩餘之傳，非傳詩也，傳情也，傳奇縱古橫今，體莫備於斯也。〔註90〕

而陸雲龍的目的則是爲了開明代詞壇的新境界。他認爲，明代詞風「人巧欲盡，悉爲奇險之句，幽竊之字，實緣徑窮路絕，不得不另開一堂

〔註87〕同前註，卷四，頁22。
〔註88〕同前註，卷二，頁1。
〔註89〕參拙作〈湯顯祖評點《花間集》的原因及其特色〉，《東吳中文研究集刊》第10期（2003年9月），頁157～163。
〔註90〕同註13，頁4～8。

奧」〔註 91〕，因此他「取《花間》、《草堂》並咀之，《草堂》自更新綺者」。〔註 92〕這兩部詞集，不論從形式或被選取的對象性來說，都是融合了第一類和第二類性質的評點詞集。

此二類評點詞集，不管選取的對象是前人所選或是自己編選，重點都在於，評點仍然是屬於商業的行為，文人運用了商業式的評點手段，不論是為了傳播詞選集，還是為了傳播自身的詞學觀點，都造成了書籍市場的流通。或許楊慎評點《草堂詩餘》時，比較接近隨閱隨批的讀書心得，不若沈際飛這樣的專業評點家所評《草堂詩餘四集》這麼有條理、系統，也不若陸雲龍身為書坊主人，自己投身編選、評點的那種書商息氣，但最終都是達到了「宣傳」的目的。從另一面來說，由於書籍市場的消費和接受型態，這些有名的評點者，也是書籍暢銷的票房保證。這也反映了明代中葉以來，文化和商業行為混合的特殊景象。

而第三種，僅有卓人月、徐士俊二人的《徐卓晤歌》一卷，附於他們所評選《古今詞統》一書的最後。雖然只有一卷，但是由於《徐卓晤歌》在評點詞集中性質十分特別，是帶有文人自賞性的評點，因此此處仍將它劃分為一類來談。

卓人月、徐士俊二人關係十分友好，他們在《徐卓晤歌》中，互相唱和，彼此以自身的情感和審美意趣，擇取對方的作品加以鑑賞，個人色彩非常強烈。如徐士俊〈畫堂春〉「與珂月對酌」：

> 東坡三萬六千場。直教酒化春江。主人應比謫仙狂。浸透詩腸。醒在卻愁天窄，醉來惟有情長。兩人無事細平章。花月壺觴。〔註 93〕

徐士俊在詞中描述兩人飲酒賦詩的閒適，以「醒」和「醉」，帶出「天窄」和「情長」的對比，花前月下共此樂事，足見兩人交情篤實。而

〔註 91〕同註 6，陸雲龍：〈敘〉。
〔註 92〕同前註。
〔註 93〕卓人月、徐士俊：《徐卓晤歌》，收於卓人月彙選、徐士俊參評：《古今詞統》（同註 18），頁 14。

卓人月的評語更妙：

二人俱不善飲，讀此詞偏覺酒趣無盡。

我們從這裡可以看出一個特點，就是這段評語除了道出詞中「酒趣無盡」的優點之外，一種對話式的情境在詞作和評語間展開。當然其他的評點也常有與詞人對話的情形，如湯顯祖評韋莊〈菩薩蠻〉「洛陽才子他鄉老」一句，湯顯祖在旁邊寫道：「可憐可憐，使我心惻。」〔註94〕很顯然是湯顯祖對於「洛陽才子他鄉老」一句特別感同身受，因而發出這樣的感嘆。美國學者韋勒克說：

文學作品是美的對象，而有喚起美的經驗之能力。〔註95〕

讀者在閱讀時，受到這種美的召喚，喚起了共同的經驗，因而讀者的情緒便與他所感受到的文本情緒相連結。這是文學作品所具有的藝術感染力。批評者在經歷這樣的閱讀程序後，很自然就會在評語中，不由自主地與作者對話。但是評點者和作者之間的對話，往往是跨越時空的，就算是同時代的文人，也必然是先有作品流傳之後，評點者才加以評點。徐、卓二人則不然，兩人互相唱和、互相評點，而後才將這些唱和之作和評點編爲一卷，也就是說，這些詞作和批評的產生，是在位在同樣的時序上。那麼這種批評似乎逐漸脫離與原來批評的目的——導讀、介紹等，而以自娛、自我賞玩爲目的。

我們再看幾則例子。卓人月對於好友徐士俊的詞，大爲讚賞，如徐士俊〈百字令〉有「次坡公赤壁韻，檃括〈前赤壁賦〉」及「再次坡公韻，檃括〈後赤壁賦〉」二闋，卓人月評云：

有坡公二賦，不可無野君二詞。生同其時，未免瑜、亮之憾。

〔註96〕

對徐士俊的評價非常高，還以周瑜、諸葛亮來比喻他自嘆弗如的心

〔註94〕同註10。

〔註95〕（美）韋勒克、華倫著，王夢鷗、許國衡譯：《文學論——文學研究方法論》（台北：志文出版社，1992年12月再版），第十八章〈文學價值之品評〉，頁405。

〔註96〕同註93，頁35。

情。另外如評徐士俊〈虞美人〉（別離滋味和誰說）末句「索性變成蝴蝶去迷他」，眉批云：

> 可掩「春水東流」之句。〔註97〕

然而「索性變成蝴蝶去迷他」一句俚俗淺白，怎可掩後主「恰似一江春水向東流」句呢？兩者高下一目瞭然，卓人月的評語未免有溢美之嫌。而徐士俊的評語就比較站在評賞的立場，如卓人月〈菩薩蠻〉「迴文」（春宵半吐蟾痕碧），徐士俊評曰：

> 妙在順讀是迎，倒讀是送。〔註98〕

又如〈清平樂〉「清樓夜話」（星明月黑），徐士俊評曰：

> 起句明豔，結句幽豔。〔註99〕

都能夠點出詞中的優點。在他們的評語當中，當然批評必然含有鑑賞、品評的成分，但是他們的「私人性」多了些，而「仲介」給讀者的成分似乎少了些，他們賞玩對方的作品，重在彼此的心領神會，並且以互相推崇、讚賞為樂。

　　這樣自賞性的評點，標示著評點文人性的增強。在評點詞集中，這一類僅有徐卓二人的《徐卓晤歌》。然而我們從小說評點的發展來看，由於小說評點的發展路線比詞評點要長，從李贄這樣抒發個人情感的小說評點開始，逐漸走向書商型的評點、最後再轉變到表現文人意趣的評點，發展的過程十分完整。到清代中葉以後，這一類的評點越來越多，表現更多的自賞性和私人性。〔註100〕這是評點發展的必然趨勢。評點詞集的發展儘管與小說評點有類似的路徑，但一來數量沒有小說評點多，二來在明末之後，評點詞集的發展停滯了，使得剛走上文人型評點的路被切斷了，否則這樣色彩鮮明的評點應當不只這一部。

〔註97〕同前註，頁 20。
〔註98〕同前註，頁 11。
〔註99〕同前註，頁 14。
〔註100〕譚帆：《中國小說評點研究》（上海：華東師範大學出版社，2001 年 4 月），頁 30～31。

第四章 評點詞集中的詞學觀

　　「評點」是十分特殊的文學批評活動。評點最大的特色，即在於其屬於即興發揮，隨閱隨批的批評方式，有很大的隨意性。比起純粹的文學理論專著或專論，評點顯得主觀、感知，甚至並未到達理性的高度。也因此，評點的語言比「資閒談」〔註1〕的「話」更爲零散、細碎，更沒有系統化的理論。

　　儘管如此，評點「批評」的性質與其他文學批評模式是相同的。評點一樣是爲了剖析、解讀文本，這樣的批評活動，自然也就牽涉到解釋學的部分。在解讀文本時，「解釋者根據自身的體驗來理解和解釋作品，總是將作品自身經驗聯繫起來」〔註2〕，因此，「審美理解是在傳統的偏見中進行的」。〔註3〕批評者帶著先驗的主觀意識去理解文本，詞評點也是如此，文人帶著自身的詞學觀點，也就是對詞體的認知，對詞進行批評。文人對於「詞」這一文體有如何的認知，決定了他們以何種角度去批評詞；反過來說，在這些評點當中，往往也透露出文人在詞學上的概念。也因此，在評點詞集的評語、序言中，有許

〔註1〕歐陽脩：《六一詩話》，收於何文煥編：《歷代詩話》（台北：藝文印書館，1991年9月），頁156。

〔註2〕王岳川：《現象學與解釋學文論》（濟南：山東教育出版社，1999年4月），頁195。

〔註3〕同前註，頁216。

多中晚明文人特有的詞學觀點，值得我們去探討。

明代詞學觀點最重要的特點，就是深受「主情」思潮的影響。詞具有抒情的功能，因而被當時文人所重視。大陸學者傅小凡說：

> 情具有指向性，它不屬於封閉的自我，更多屬於主體間或主體間性。所以對情的推崇並不意味著必然走向縱欲的極端，恰恰相反，將情推置於無上地位的藝術家與思想家都試圖通過情這一路徑尋找具有普遍意義的價值。〔註4〕

評點詞集中的評論者，就是抱持這樣的態度，以他們深情的眼光，將詞與人的情感作最好、最緊密的連結，並且加以評論、闡揚，使得更多人能夠接觸詞中之情。

在主情思考理路下，明人在某些層面，比如詞史觀、風格論等議題，有了不同於以往的討論。不論在詞起源的探討上，或是詞的定義，以及風格論的演變，都為主情思潮所主導。本文即以詞的定義與定位、詞史觀的建立和風格論的轉變三個條進路，探討這一段在明代詞論中相當特殊的面向。

第一節　詞的定義與定位

詞的地位，向來是文人爭論不休的議題，因為詞是「突破了中國詩言志的傳統與文以載道的傳統，而在歌筵酒席間伴隨著樂曲而成長起來的一種作品」，〔註5〕與傳統儒家詩教是有衝突的。儘管在詞創始於民間，尚未假手於文人之時，詞的風格體裁非常多樣，並不具有這樣的爭議；但《花間集》的出現，使得詞體樹立了獨特的風格和樣貌，歐陽炯的〈花間集序〉，更標示著傳統詞體觀念的正式形成。他指出，詞來自於酒席歌宴之間，本為「綺筵公子」作給「繡

〔註4〕傅小凡：《晚明自我觀研究》（成都：巴蜀書社，2001 年 11 月），頁145。

〔註5〕葉嘉瑩：《中國詞學的現代觀》（台北：大安出版社，1999 年 7 月第二版第三刷），頁 5。

幌佳人」演唱的歌詞，來「用助嬌嬈之態」。這樣的文體，語言自然是「鏤玉雕瓊」、「裁花翦葉」，以婉媚香豔爲主。他同時也注意到，詞體的特殊藝術風格，與南朝宮體詩和北里倡風有很大的淵源。

　　歐陽炯的這篇序言，從語言和文學的形象性入手，對於詞體的認知具有總結的意義。晚唐以來，無論在民間或是上層社會，描述男女戀情的豔詞最受歡迎。這些風月脂粉的豔詞具有遣興娛賓的功能，使人們獲得感官享受與刺激，因此吸引了廣大的讀者和作者。於是，市井小民、文人士大夫都喜愛在歌樓酒館、花間尊前創作或欣賞小詞，這樣的娛樂方式成爲晚唐以來文化生活的重要部分。歐陽炯〈花間集序〉的論點，就是從這樣的背景而來，也因爲這樣的背景，以至於北宋甚至出現「凡有井水飲處，即能歌柳詞」的盛況。歐陽炯的〈花間集序〉，使得詞體觀念從此定型了，詞人和詞論家都有了共識：他們所寫作的詞，就是花間詞風的延續發展。

　　當然，詞體這樣的出身，自然不爲傳統儒家思想所認同。但是詞的抒情特質，具有引人產生言外之想的幽微意致，則是文人的共同體會，這種幽隱曲折的美感，深爲文人士大夫所喜愛。也因此，詞本身就具有一種矛盾的小道性格：一方面受到鄙夷、地位低下，一方面又受到文人的私自賞愛。文人在填詞的時候，也就有兩種極端的傾向：第一種就是坦然面對詞的小道特質，也就是心中清楚詞爲豔科，但是還是繼續創作；第二種就是推尊詞體，使填詞能合理化，不致悖離傳統儒家思想。

　　第一種傾向，文人很容易就會走上「自我解嘲」之路。因爲詞的地位畢竟低下，再怎麼坦然，文人所承接的儒家思想仍是非常沉重的，他們只好一面填詞，一面表現出隨意、輕蔑不重視的樣子。如晏幾道在〈小山詞自序〉說：

> 叔原往者浮沉酒中，病世之歌詞，不足以析酲解慍，試續南部諸賢餘緒，作五七字語，期以自娛。〔註6〕

〔註6〕金啓華等編：《唐宋詞集序跋匯編》（台北：臺灣商務印書館，1993

詞只是飲酒作樂時用來「自娛」的，當然不可能像作詩、作文章那樣
認真。胡寅的〈酒邊集序〉也記載了宋人作詞輕率的態度：

> 文章豪放之士，鮮不寄意於此者，隨亦自掃其迹，曰
> 讔浪遊戲而已也。〔註7〕

而黃庭堅與法秀道人的對話也是很有名的故事。黃庭堅在〈小山詞
序〉說：

> 余少時間作樂府，以使酒玩世。道人法秀獨罪余以筆墨勸淫，
> 於我法中，當下犁舌之獄，特未見叔原之作耶。〔註8〕

法秀道人告誡他不要「以筆墨勸淫」，否則會下犁舌地獄，黃庭堅反
而扯出了晏幾道的詞作也是如此，用強辯、嬉笑的態度帶過。毛晉〈跋
山谷詞〉中也提到這件事情：

> 魯直少時使酒玩世，喜造纖淫之句，法秀道人誡云：
> 筆墨勸淫，應墮犁舌地獄。魯直答曰：空中語耳。〔註9〕

此處多記載了黃庭堅的回答：詞只是「空中語」罷了！這樣的觀念，
幾乎成了文人普遍的觀點。

　　因此，詞被稱為「小詞」、「詩餘」、「歌詞」等，儘管反映出文
人對詞體的認識，但也含有一定程度的輕視在內。如《雪浪齋日記》
中云：

> 晏叔原工小詞，如「舞低楊柳樓心月，歌盡桃花扇底
> 風」，不愧六朝宮掖體。荊公小詞云：……山谷小詞云：……
> 秦湛處度嘗有小詞云……（《苕溪漁隱詞話·秦處度法山谷》引）
> 〔註10〕

文中所引的詞，皆稱為「小詞」。又如李清照論詞亦云：

> 晏元憲、歐陽永叔、蘇子瞻學際天人，作為小歌詞，

　　　年2月），頁25。

〔註7〕同前註，頁117。

〔註8〕同前註，頁25～26。

〔註9〕同前註，頁40。

〔註10〕唐圭璋編：《詞話叢編》（北京：中華書局，1986年11月）冊一，頁
　　　164。

直如酌蠡水於大海，然皆句讀不葺之詩爾。(《魏慶之詞話·
李易安評》)〔註11〕

此處甚至把詞稱作「小歌詞」。詞被稱作「小詞」，自然不是因爲體制
短小，而是相對於可作爲「經國大業」的文章，詞的地位，也就僅能
爲「小詞」了。〔註12〕

　　另外一部分的文人有了第二種傾向，就是「推尊詞體」。他們對
詞或者強加說解，或者採取新的創作方向，總之就是希望詞能成爲
正統文學，登大雅之堂，而不僅是風花雪月的淫藝之作。這也正是
宋代詞論逐步朝向雅化前進的路線。趙曉蘭在〈宋人詞論的核心——
——詞的雅化理論〉〔註13〕一文中指出，「柳詞的崛起、廣泛流布引發
了詞的雅俗之辯。詞的尊體、雅化，成了兩宋詞壇最重要的課題」，
〔註14〕柳永的鄙俗之作，使得文人產生了絀俗崇雅的反思。張舜民
《畫墁錄》中記載：

　　　柳三變既以詞忤仁廟，吏部不放改官。三變不能堪，
　　詣政府。晏公曰：「賢俊作曲子麼？」三變曰：「只如相公
　　亦作曲子。」公曰：「殊雖作曲子，不曾道『綠線慵拈伴伊
　　坐。』」柳遂退。〔註15〕

晏殊雖然自己也填詞，但如果說他的詞與柳詞同一類，他是絕對不
能接受的。對於柳詞的激烈反彈，也顯示出文人對「雅」的自覺。
晏殊的兒子晏幾道也有同樣的立場：

　　　晏叔原見蒲傳正，言先公平日小詞雖多，未嘗作婦人
　　語也。傳正云：「綠楊芳草長亭路，年少拋人容易去，豈非

〔註11〕同前註，頁201。
〔註12〕謝桃坊：《宋詞辨》（上海：上海古籍出版社，1999年9月），〈宋人
　　　　詞體觀念形成的文化條件〉，頁21。
〔註13〕趙曉蘭：《宋人雅詞原論》（成都：巴蜀書社，1999年9月），頁313
　　　　～348。文中對於宋代詞壇雅化的過程有十分詳盡的論述。
〔註14〕同前註，頁315。
〔註15〕《叢書集成新編》（台北：新文豐出版公司，1984年6月）冊86，
　　　　頁592。

婦人語乎。」晏曰：「公謂年少爲何語。」傅正曰：「豈不
謂其所歡乎。」晏曰：「因公之言，遂曉樂天詩兩句云：「欲
留所歡待富貴，富貴不來所歡去。」傅正笑而悟。然如此
語意，自高雅耳。(《魏慶之詞話‧晏叔原》)〔註16〕

晏幾道爲父親晏殊辯護，他認爲雖然晏殊也作小詞，但是絕不作「婦
人語」。「雅」與「俗」的概念，在這樣的強詞奪理中，逐漸浮顯。

　　蘇軾的「以詩爲詞」，開創了詞體新的境界。王灼在《碧雞漫志》
中敘述了蘇軾的成就：

東坡先生非醉心於音律者，偶爾作歌，指出向上一路，
新天下人耳目，弄筆者始知自振。(《碧雞漫志‧東坡指出向上
一路》)〔註17〕

然而，他雖然推崇了蘇軾開創了新的創作道路，但他還先強調東坡先
生「非醉心於音律者」，並且蘇軾作詞僅僅是「偶爾作歌」。可見蘇軾
使詞的創作「指出向上一路」，但詞體的地位仍然可議。這段話同時
也說明了一點，就是當時作詞者往往是「弄筆者」，缺乏嚴肅的創作
態度，這是傳統儒家詩教所不能接受的。

　　儘管如此，詞中唯美的情感是無法排除的，文人早已注意到這點，
如張炎在《詞源》中說：「簸弄風月，陶寫性情，詞婉於詩。蓋聲出鶯
吭燕舌間，稍近乎情可也。」他又舉出了兩闋詞，評論爲「皆景中帶
情，而存騷雅」，因此，詞「若能屏去浮豔，樂而不淫，是亦漢魏樂府
之遺意」。〔註18〕在這裡，文人從一開始對於作詞態度的強辯，轉向將
詞與正統文學靠攏。胡寅在〈酒邊集序〉也有同樣的看法：

詞曲者，古樂府之末造也。古樂府者，詩之旁行也。
詩出於離騷楚辭，而騷詞者，變風變雅之怨而迫、哀而傷
者也。其發乎情則同，而止乎禮義則異。〔註19〕

〔註16〕同註10，頁201。
〔註17〕王灼：《碧雞漫志》卷二，同前註，頁85。
〔註18〕張炎：《詞源》卷下，〈賦情〉，同前註，頁263～264。
〔註19〕同註6。

他爲詞、曲、樂府和《詩經》、《楚辭》找到共同的連結性，那就是「情」。創作者同樣是「發乎情」，只差在「止乎禮義」的點不同罷了。他們爲詞體辯護，希冀能提高詞的地位，當然最終的理想，就是如張炎所說：「詞欲雅而正，志之所之，一爲情所役，則失其雅正之音」〔註20〕了。這就是「宋詞」盛行的同時，文人對詞體的普遍態度。

這些觀念延續到明代，但中晚明特殊的文化環境，使得文人對詞體的認知有了不同以往的發展，「主情」之說，就是影響詞學觀點的最大因素之一。受到王陽明心學一派的影響，「情」被提高到了新的高度。徐渭云：「人生墮地，便爲情使」〔註21〕，很能代表當時文人的主情思想。這樣的思想不僅影響了哲學思考理路，也影響了整個文壇。也因此，中晚明文壇帶有一種重抒情的浪漫主義傾向。而湯顯祖所說的：「世總爲情，情生詩歌，而行於神」〔註22〕，更是具體地將「情」從人的本性，轉移到文學的本質意義上來說。在這樣的氛圍下，詞的抒情性正好投文人之所好，而益發受到重視。

然而，明代的主情傾向，引導著他們走向「近俗」。李夢陽在〈詩集自序〉中曾記述，他聽了王叔武所說「夫詩者天地之音也。今途咢而巷謳，勞呻而康吟，一唱而群和者，其眞也，斯之謂風也。……眞者音之發而情之原也……非雅俗之辯也」，而深深感嘆「眞詩乃在民間」。〔註23〕中晚明文人，「從民間和市井，從生活在那裡的人物身上，發現了他們亟欲尋求的『眞』」〔註24〕，也因此，在一種自我

〔註20〕同註18，〈雜論〉，頁266。

〔註21〕〈選古今南北劇序〉，徐渭：《徐渭集》（北京：中華書局，1983年4月）冊四，頁1296。

〔註22〕〈耳伯麻姑遊詩序〉，徐朔方箋校：《湯顯祖全集》（北京：北京古籍出版社，1999年1月），頁1110。

〔註23〕李夢陽：《空同子集》卷五十，收於葉慶炳、邵紅編：《明代文學批評資料彙編》，《中國文學批評資料彙編》之七（臺北：成文出版社，民1979年9月），頁287。

〔註24〕費振鐘：《墮落時代——明代文人的集體墮落》（台北：立緒文化事業有限公司，2002年5月），〈思想的黃昏〉，頁33。

標榜的心態下，文人甚至刻意地近俗，許多以往被目爲小道的，如戲曲、小說等，都被文人刻意地重視。文壇的思想解放更促成了這樣的風氣，文人對於傳統儒家思想的反叛和掙扎，使得詩與詞「言志」、「抒情」的二分概念更爲明顯，詞的抒情性，甚至作爲「豔科」〔註25〕的事實，又再度被提高。詞儘管向來被目爲「小道」，但在中晚明，反而因爲這種小道特質而格外被認同。

因此，晚明文人對於詞的態度，既輕忽又重視，既漫不經心，又想要細細賞玩、琢磨，在世俗化的傾向和商業型態的主導下，「評點」這種把玩性質的批評方式應運而生。也因此，在評點中往往透露出這樣信息。

首先我們注意到的，就是詞的「小道」地位。沿襲著宋人的習慣，明代文人在評點中仍把詞稱爲小詞，如湯顯祖在歐陽炯〈浣溪沙〉詞有眉批云：

> 毛文錫、鹿虔扆、韓琮、閻選與此公皆蜀人，事孟後主，有五鬼之號，皆工小詞，並見花間集，今集中獨遺韓琮，殊不可解。〔註26〕

又如徐士俊評秦觀〈滿庭芳〉（山抹微雲）：

> 「寒鴉」二句，朱希眞又化作小詞云：「看到水如雲，送盡鴉成點。」〔註27〕

評向子諲〈浣溪沙〉（進步須于百尺竿）：

〔註25〕謝桃坊在〈詞爲豔科辯〉一文中指出，儘管詞從民間創始時，內容是豐富多方面的，但是詞爲「豔科」的概念，早在宋人流行作「豔詞」時，就已爲宋人所普遍意識到。從文獻來看，「豔科」與「豔詞」的聯繫，最早是宋人程大昌談到這個問題，他論述《六州歌頭》「良不與豔辭同科」，而明人楊愼在《詞品》中引用，並將「豔辭」改爲「豔詞」。此文收入謝桃坊：《宋詞辯》（上海：上海古籍出版社，1999年9月），頁35～47。
〔註26〕湯顯祖評點：《花間集》（明末烏程閔氏朱墨套印本，台北：國家圖書館藏）卷三，頁1。
〔註27〕卓人月彙選、徐士俊參評：《古今詞統》（明崇禎間刊本，台北：國家圖書館藏）卷十二，頁31。

小詞談宗門者絕少。〔註28〕

還有沈際飛評阮閎〈眼兒媚〉（樓上黃昏杏花寒）：

閎休（閎）小詞，唯此篇見于世，英妙雋遠，百不爲
多，一不爲少。〔註29〕

然而，詞的「小道」地位在此時有了**轉變**。當然這**種轉變**並非將詞提升到正統文學的地位，而是更加標榜了詞爲小道的事實。如明人俞彥在《爰園詞話》中說：「詞於不朽之業，最爲小乘。」〔註30〕他還爲針對法秀道人告誡黃庭堅作小詞將下犂舌地獄的事情作了辯駁：

山谷喜作小詞，後爲泥犂獄所懾，罷作，可笑也。綺
語小過，此下尚有無數等級罪惡，不知泥犂下那得無數等
級地獄，髠何據作此誑語，不自思當墮何等獄耶。〔註31〕

另外，陳霆在〈渚山堂詞話序〉中說：「嗟呼，詞曲於道末矣。纖言麗語，大雅是病。」明白指出詞曲是末道。但他又接著說：「然以東坡、六一之賢，累篇有作。晦庵朱子，世大儒也，江水浸雲，晚朝飛畫等調，曾不諱言。」〔註32〕他認爲，詞曲雖然是末道，但是像蘇軾、歐陽脩等文學大家，以至大儒者朱熹，都不諱言作小詞，因此，填詞並非是這麼見不得人的事情；他甚至指出，詞本來就是「纖言麗語」，與大雅之途相違背。王世貞又進一步發揮，認爲作詞要「一語之豔，令人魂絕；一字之工，令人色飛」，而且「不作可耳，作則寧爲大雅罪人，勿儒冠而胡服也」。〔註33〕這種「大雅是病」、「大雅罪人」的說法，深深影響當時文人，以「情」爲衡量詞優劣的標準。如湯顯祖評顧敻〈臨江仙〉（幽閨小檻）一闋時，也與王世貞採取同樣的看法：

〔註28〕同前註，卷四，頁21。
〔註29〕沈際飛評點：《古香岑草堂詩餘四集》（明末太末翁少麓刊本，台北：
　　　　國家圖書館藏），《草堂詩餘正集》卷一，頁28。
〔註30〕同註10，頁399。
〔註31〕同前註，頁403。
〔註32〕陳霆：〈渚山堂詞話序〉，同前註，頁347。
〔註33〕王世貞：《藝苑巵言》「隋煬帝望江南爲詞祖」，同前註，頁385。

頌酒賡色，務裁艷語，毋取乎儒冠而胡服也。〔註34〕

徐士俊評蔣捷〈洞仙歌〉（枝枝葉葉）評語也很有意思：

人世風流罪過，都是此君教的，妙，妙！〔註35〕

最特意以此標榜的，就是茅暎編輯並評點的《詞的》。這是一部以香豔柔美為主的詞集。他在〈凡例〉中說：「幽俊香豔，為詞家當行；而莊重典麗者次之。故古今名公悉多鉅作，不敢攔入，匪曰偏徇，意存正調。」〔註36〕他特意地以「幽俊香豔」為當行，「莊重典麗」次之，把豔情當作「正調」來看，又在序言中指出詞「旨本淫靡，寧虧大雅；意非訓詁，何事莊嚴」〔註37〕，這樣大張旗鼓地將詞認定為淫靡之作，未免有些走極端了，但是也顯見當時「大雅是病」的影響之深了。

當然不是每個評點者都走上這樣的路途。他們發現，詞雖然是小道，但填詞並不是這麼容易，甚至必須有才學者方能作出好的作品。如湯顯祖評李珣〈浣溪沙〉（訪舊傷離欲斷魂）：

……詞雖小技，亦須為讀書者方許為之。〔註38〕

又如潘游龍評秦觀〈滿庭芳〉（山抹微雲）：

……嗟嗟，詞之不易也如此。〔註39〕

這樣的態度，與宋人認為作詞是「自娛」、「謔浪遊戲」或是「空中語」的態度顯然有所不同。他們在分析、品評詞作的同時，也逐漸意識到，詞的文學性質依然是很濃厚的，基於藝術美感的追求，填詞也必須下苦工，才能達到更高的境界。

另外，將詞向正統文學靠攏，這樣的舉動從南宋開了端，到明代

〔註34〕同註26，卷三，頁22。

〔註35〕同註27，卷十一，頁28。

〔註36〕茅暎評選：《詞的》，朱之藩定：《詞壇合璧》（明金閶世裕堂刊本，台北：中研院史語所傅斯年圖書館藏），頁1。

〔註37〕同前註，茅暎〈詞的序〉，頁3。

〔註38〕同註26，卷四，頁24。

〔註39〕潘游龍評選：《精選古今詩餘醉》（明崇禎丁丑（十年）海陽胡氏十竹齋刊本，台北：國家圖書館藏）卷八，頁14～15。

有了更多的發揮。如湯顯祖在孫光憲〈清平樂〉（等閒無語）一闋批
語云：

> 徘徊而不忘思，婉戀而不激愼，詞中之有風雅者。〔註40〕

又如評韋莊〈女冠子〉（四月十七）批語云：

> 直抒情緒，怨而不怒，騷雅之遺也。〔註41〕

沈際飛評柳永〈望梅〉（小寒時節）：

> ……桃李，小人也；梅，君子也。塡詞即綺靡，而三
> 百微婉之旨存焉。〔註42〕

徐士俊評高岱〈竹枝〉（孤帆何日下楊州）：

> 不淫不怨，風雅之遺。〔註43〕

評辛棄疾〈醉翁操〉（長松）：

> 小詞中〈離騷〉也。〔註44〕

陸雲龍歐陽脩〈浣溪沙〉（漠漠輕寒上小樓）：

> 風雅。〔註45〕

像這樣提出〈離騷〉以及《詩經》中的《風》、《雅》，和詞並舉，
這是詞評點中很凸出的現象。前面已經提到，宋人開始將詞向正統文
學靠攏，是由於他們發現詞的「言情」性質在儒家思想中的爭議性，
因此他們從詩騷中找到人普遍共有的「性情」，進而指出：只要詞「不
爲情所役」，去除淫靡的部分，那麼詞體仍然可以跟詩、騷一樣歸於
雅正。但是中晚明文人的思考理路和宋人大異其趣，他們反過來從詩
騷中抓住了言情的成分，加以擴大、渲染，來爲他們主情思想張本。

〔註40〕同註 26，卷三，頁 33。
〔註41〕同前註，卷一，頁 28。
〔註42〕同註 29，《草堂詩餘正集》卷五，頁 26。據陶子珍所撰《明代詞選
　　　　研究》（私立東吳大學中國文學系博士論文，2001 年 6 月）一書中所
　　　　附之詞集題名勘誤表，當爲無名氏所作。
〔註43〕同註 27，卷二，頁 4。
〔註44〕同前註，卷十一，頁 38。
〔註45〕陸雲龍編選：《詞菁》（明崇禎崢霄館刻本，上海：復旦大學圖書館
　　　　藏）卷二，頁 8。據陶子珍所撰《明代詞選研究》（同註 42）一書中
　　　　所附之詞集題名勘誤表，當爲秦觀所作。

徐士俊評范仲淹〈御街行〉（紛紛墜葉飄香砌）即云：

> 《楚辭》極稱美人公子、夫君下女，豈亦鄭、魏淫奔
> 之類耶？〔註46〕

他反問，《楚辭》中這麼多愛情的題材，難道也算是淫奔之作嗎？如
此的反駁，就把談愛情的合理性大大提升。而無瑕道人〈花間集跋〉
中甚至說，他看了楊慎評點《草堂詩餘》和湯顯祖評點《花間集》後，
「始知宇宙之精英，人情之機巧，包括殆盡，而可興、可觀、可群、
可怨，寧獨在風雅乎？」〔註47〕把詞的功能更加提高，可以興觀群怨，
這樣的儒家功能一套上去，誰說只有詩才能教化人心呢？

沈際飛在〈序草堂詩餘四集〉說：

> ……雖其鐫鏤脂粉，意傳閨閫，安在乎好色而不淫？
> 而我師尼氏刪國風，逮〈仲子〉、〈狡童〉之作，則不忍抹
> 去，曰：「人之情，至男女乃極。」未有不篤於男女之情，
> 而君臣、父子、兄弟、朋友間反有鍾吾情者。況借美人以
> 喻君，借佳人以喻友，其旨遠，其諷微……〔註48〕

他把孔子搬出來，捏造了孔子的話：「人之情，至男女乃極」，將男女
情愛的價值提高，再由此轉論詞曲折婉轉的特色，可以「借美人以喻
君，借佳人以喻友」，「其旨遠，其諷微」，這樣一來，打破了「好色
而不淫」的傳統觀念，並且使詞中之情向儒家思想回歸。

郭紹儀在〈詩餘醉序〉中亦云：

> 夫唯嗟嘆詠歌之不足，不得已而有言，詩三百篇，豈
> 非性情之餘者乎？則凡為詩之苗裔，其所繇來，概可知已。
> 乃古人以性情為詩，而詩有餘。……〔註49〕

詩發乎性情，而詞是詩之苗裔，那麼詞也發乎性情，與詩同等，自然
沒什麼理由可以去批駁了。陳琰的〈詩餘醉序〉甚至直接將詩餘等同

〔註46〕同註27，卷十一，頁14。
〔註47〕同註26，無瑕道人：〈花間集跋〉。
〔註48〕同註29，沈際飛：〈序草堂詩餘四集〉，頁6。
〔註49〕郭紹儀：〈詩餘醉序〉，同註39。

於詩之「風謠」：

> 詩之有餘，猶詩之有風也。雅則清廟明堂，風則不廢
> 村疃閭巷。三百篇要以道性情而止，然無情則性亦不見。
> 子輿氏曰：乃若其情，則可以為善。是從來忠孝節義，只
> 了當一情字耳。〔註50〕

他在同一篇序言後面又接著說：

> 故詩者情之餘，而詞則詩之餘也。〔註51〕

潘游龍的〈詩餘醉序〉也抱持同樣的態度：

> 餘於清遠者有焉，餘於摯刻者有焉，餘於莊麗者有焉，
> 餘於淒婉悲壯、沉痛慷慨者有焉，令人撫一調、讀一章，
> 忠孝之思、離合之況、山川草木郁勃難狀之境，莫不躍躍
> 於言後言先，則詩餘之興起人豈在三百篇之下乎！〔註52〕

事實上，他們的說法，大致道出大多數明代文人的心路歷程，而這
樣的思考模式也確實影響了明人對詞的認知，在明代文人心中，詞
是發乎真情的，甚或是貼近民間的，將這樣的特性向「風」靠攏，
再加上「忠孝節義，只了當一情字耳」一句話，正好就解決了對儒
家思想的掙扎。

　　從此處可以看出來，詞與詩同樣發乎情，這是文人評點詞時所注
意的焦點。詩有風、雅、頌，不論是風是雅，都是發乎性情而後為詩；
而詞是詩之餘，詩有詩餘，就如同《詩經》「國風」裡有〈將仲子〉、
〈狡童〉一類談論愛情的詩篇一樣。在這樣的比附之下，男女之愛的
地位於是有了可以憑恃的靠山，浪漫的愛情終於可以在詞中暢所欲
言，滿足了當時文人心中對「情」的追求。

第二節　詞史觀的建立

　　張仲謀在《明詞史》曾提到明人論詞的特殊面向：

〔註50〕陳珽：〈詩餘醉序〉同前註。
〔註51〕同前註。
〔註52〕潘游龍：〈詩餘醉序〉，同前註。

明人論詞，往往具有很明顯的詞史意識。雖然由於體
例所限，很少有大塊的完整的論述，但他們在很多序跋與
詞話中都顯示出整合零散資料、勾勒詞史發展輪廓的動
機。在清人看來，這種偏好「宏觀」的思維方式也許正反
映了明人好大喜功的浮華空疏，但放在詞學發展史的背景
上來看，這比宋元時代偏重談技巧的詞論，應該說是一種
很大的發展與進步。〔註53〕

明代向來號稱是詞的中衰期，如吳梅《詞學通論》即謂：「論詞至明
代，可謂中衰之期。」〔註54〕宋代詞的蔚為大觀，和清代詞的復興，
與明代中衰的情況相比，明人在清代以後學者的心目中，他們的「托
體不尊，難言大雅」顯然是對由於詞的概念有所偏差。他們對詞的理
解確實是抱著比較特殊的態度，但他們有強烈的動機去為詞作定位，
嘗試在起源上入手，勾勒出一個詞史發展的輪廓。

然而，事實上，詞的起源，與文壇環境和音樂性的變遷都有很大
的關係，其中牽涉的因素都十分複雜，因此若要說詞就是起源於某個
時間，基於某個特定原因，來源於某個母體文類，是不可能的。但是
既然要探討詞的定位，文人就會想以「追認」的方式，幫它找到一個
合理的出生證明。張仲謀先生在《明詞史》中已由明人「文體代興」、
「導源溯流」的詞史意識來探討明人的詞史觀〔註55〕，本文則嘗試從
詞體起源的朝代、來自的母體文類和其發生的原因三個層面，探討一
些細部問題。

一、起源的朝代

明人偏好詞史建構的論詞方式，使得前人莫衷一是的一些問題，
到了中晚明都有了一致的答案。像是起源的朝代，唐五代以來乃至於

〔註53〕張仲謀：《明詞史》（北京：人民文學出版社，2002年2月），頁344。
〔註54〕吳梅：《詞學通論》（台北：臺灣商務印書館，1932年12月初版，1988
年4月臺七版），頁142。
〔註55〕同註53，頁344～350。

宋，眾說紛紜，明人則統一將詞的起源追溯至六朝。楊慎在《詞品》
「梁武帝江南弄」條云：

> 填詞起於唐人，而六朝已濫觴矣。〔註56〕

又在「玉筯楚妃吟」一條中云：

> 大率六朝人詩，風華情致，即是詞也。宋人長短句雖
> 盛，而其下者，有曲詩、曲論之弊，終非詞之本色。予論
> 填詞必泝六朝，亦昔人窮探黃河源之意也。〔註57〕

六朝，是一段跨度很大的時代概念。六朝所代表的思想、文化層面和
文學風格，自然是有許多複雜的面向。但是中國文人的論述方式向來
都是「想當然耳」，因此在文學批評上，一段歷史的分期，會截取其
中一個具代表性的層面來概括；整個六朝所代表的文風，就是「綺
麗」、「浪漫」，甚至是「濃豔」、「纖靡」的。早在陸游〈花間集跋〉
中就說過，詞「適與六朝跌宕意氣差近」；〔註58〕楊慎也注意到了詞
風格與六朝所代表文風的雷同性，因此他認爲：詞濫觴於六朝，而「大
率六朝人詩，風華情致，即是詞也」。

王世貞《藝苑巵言》中也有同樣的論述：

> 詞者，樂府之變也。昔人謂李太白〈菩薩蠻〉、〈憶秦
> 娥〉，楊用脩又傳其〈清平樂〉二首以謂調祖，不知隋煬帝
> 已有〈望江南〉詞，蓋六朝諸臣頌酒賡色，務裁豔語，默
> 啓詞端，實爲濫觴之始。……〔註59〕

他同樣明確地指出，「蓋六朝諸臣頌酒賡色，務裁豔語，默啓詞端，
實爲濫觴之始」。楊慎、王世貞二人的說法，不約而同地從風格處著
眼，其實也就是對「詞的性質」作了判定。當然，這是十分不科學的
判斷，因爲他們光從風格上的連結來判定詞的起源朝代，完全忽視了
詞內部的音樂因素。這在張仲謀先生的《明詞史》中亦有論述，此不

〔註56〕同註10，頁421。
〔註57〕同前註，頁425。
〔註58〕同註6，340。
〔註59〕同註10，頁385。

再論〔註60〕，但楊愼、王世貞二人以文壇宗主的身分，一再提出如此論點，也深深地影響了文人對詞的認知。

　　起源於六朝之說，除了風格上的雷同之外，長短句子的體式也是很好的佐證。楊愼評點〈草堂詩餘序〉：

> 　　詩詞同工而異曲，共源而分派。在六朝若陶宏景之〈寒夜怨〉，梁武帝之〈江南弄〉，陸瓊之〈飲酒樂〉，隋煬帝之〈望江南〉，填辭之體已具矣。若唐人之七言律，即填辭之〈瑞鷓鴣〉也。七言之以韻，即填辭之〈玉樓春〉也。若韋應物之〈三臺曲〉、〈調笑令〉，劉禹錫之〈竹枝辭〉、〈浪淘沙〉，新聲迭出。孟蜀之《花間》，南唐之《蘭畹》，則其體大備矣。豈非共源同工乎？〔註61〕

楊愼在這段序文當中，認爲陶宏景等人所寫句式長短不一的詩，已頗具「填詞之體」，到了晚唐，韋應物、劉禹錫等人的〈調笑令〉、〈竹枝詞〉等，都已經算是詞的範疇；五代的《花間》《蘭畹》，詞體算是發展完成。這樣的推論仍是把音樂的因素摒除在外，但此後的文人仍然深深被「六朝說」影響，因爲他們認爲，無論從風格、形式上來說，整個推論都十分「完整」，因此詞濫觴於六朝是殆無可疑的。潘游龍接續著楊愼的說法，在評隋煬帝〈望江南〉（湖上酒）云：

> 　　楊用脩云：「世指太白〈菩薩蠻〉、〈憶秦娥〉爲詞祖，又樂天〈長相思〉、太白〈清平樂〉爲詞祖，不知隋煬帝已有〈望江南〉詞。」詞非始於唐，始於六朝矣。〔註62〕

這樣的詞史觀反映在批評角度上，如楊愼在晏幾道〈鷓鴣天〉（綵袖慇勤捧玉鐘）「舞低楊柳樓心月，歌盡桃花扇底風」一句旁批：

> 　　工而艷，不讓六朝。〔註63〕

湯顯祖評溫庭筠〈夢江南〉（千萬恨）即云：

〔註60〕同註53。

〔註61〕楊愼評點：《草堂詩餘》（明吳興閔暎璧刊朱墨套印本，台北：國家圖書館藏）。

〔註62〕同註39，卷十一，頁22～23。

〔註63〕同註61，卷二，頁3。

風華情致，六朝人之長短句也。〔註64〕

又如評孫光憲〈生查子〉（暖日策花驄）：

六朝風華而稍參差之，即是詞也。……〔註65〕

詞起源於六朝，使得「六朝」風格似乎成了一個作詞的典範，這樣的影響無疑是非常深遠的。

二、起源的母體

上述楊愼的序文，除了從句式斷定詞濫觴於六朝之外，也帶出了另一個詞學概念──詞所來自的母體文類，就是詩。他認為，六朝以來那些句子長短不一的詩作，乃至於唐以來的七言詩，和詞的發展關係至為密切，因此詩與詞是「同工異曲」、「共源同工」的。他在《詞品》中又進一步說明詞和詩的關係：

仄韻絕句，唐人以入樂府。唐人謂之〈阿那曲〉，宋人謂之〈雞叫子〉。〔註66〕

湯顯祖也深受此說影響，他在評點《花間集》中，在閣選〈八拍蠻〉眉批處云：

仄聲七言絕句，唐人以入樂府，謂之〈阿那曲〉；宋人謂之〈雞叫子〉。平聲絕句以入樂府者，非〈楊柳枝〉、〈竹枝〉，即〈八拍蠻〉也。〔註67〕

從這裡可以看出，由於詩可以入樂，因此在提到詩時，不論是六朝詩還是晚唐詩，和樂府的觀念是混淆不分的。俞彥在《爰園詞話》中說：「詩詞皆所以歌，故曰樂府。」王世貞《藝苑卮言》中也說「詞者，樂府之變也」〔註68〕，論點其實是差不多的。而前面楊愼序言中所說的詩詞「共源同工」，這個「源」並沒有清楚的指出來，但是這種音樂性文體的源頭，文人通常都會指向詩三百。「詩教」的觀念，

〔註64〕同註26，卷一，頁13～14。

〔註65〕同前註，卷三，頁30。

〔註66〕同註10，頁431。

〔註67〕同註26，卷四，頁14。

〔註68〕同註10，頁385。

是從詩經一直延伸下來，歷代的詩篇，不論是地位，或是審美要求，都是被當作儒家詩教的一部分。前文已提到，文人論詞時說詞爲「詩之苗裔」，是爲了幫詞體地位「扶正」，那麼後來的詩作都是由詩經嫡傳的文體。六朝以來的詩與詞的關係又如此密切，至此可以勾勒出明人心目中的詞史概念，即是以《詩經》作爲詞的「遠祖」，而詩、樂府則是詞的「近親」。

湯顯祖在〈花間集序〉中云：

> 自三百篇降而騷賦，騷賦不便入樂，降而爲古樂府，古樂府不入俗，降而以絕句爲樂府。絕句少宛轉，則又降而爲詞。故宋人遂以爲詞者詩之餘也。〔註69〕

孟稱舜〈古今詞統序〉說：

> 詩變而爲詞，詞變而爲曲，詞者，詩之餘而曲之祖也。
> 〔註70〕

從詩三百，經過騷賦、樂府、絕句，到詞體的確立，明人的詞發展史觀也由此架構完成。這樣的脈絡忽略了許多內在因素，然而，儘管其中有許多不足的地方，他們卻由此引出文體代興的觀念，深深影響了之後的文人，就連清代學者也都抱持這樣的想法，這或許也是明人當初想辦法爲詞體定位時所料未及的。

三、產生的原因

從明初以來，詩文發乎性情的論點就一直是文壇討論的重點。從明初臺閣時期以「性情之正」來輔佐其文藝世用論〔註71〕，一直到後來七子派的「復古求眞」，都是在情的命題下所作的探討。湯顯祖在〈牡丹亭記題詞〉〔註72〕和評點〔註73〕中都有提的「情不知所起，

〔註69〕同前註，頁 1～2。

〔註70〕同註 27。

〔註71〕臺閣體的文藝觀可參見黃卓越：《明永樂至嘉靖初詩文觀研究》（北京：北京師範大學出版社，2001 年 12 月），第一章〈明代的臺閣體及其早期思想基礎的形成〉，頁 1～67。

〔註72〕同註 22，頁 1153。

一往而深」，表達出對於天地至情的讚揚，而他所說的：「世總爲情，情生詩歌，而行於神」〔註74〕，更是把詩歌的發生，歸結於情感的流露。晚明甚至有「詞不準古，以情所迫爲詞」〔註75〕的概念，儘管這裡的「詞」是泛指一般文詞，但不管什麼文類，「以情所迫」已成了當時文人的共同要求。

徐士俊在評白居易〈花非花〉一闋云：

因情生文，雖〈高唐〉、〈洛神〉，奇麗不及也。〔註76〕

又眉批李清照〈念奴嬌〉（蕭條庭院）云：

……應情而發，自標位置。〔註77〕

都指出「因情生文」、「應情而發」的作品價值。另外，在評點詞集的序言中也可以看到這樣的論述。如茅暎在〈詞的序〉中說：

竊以芳性深情，恆藉文犀以見；幽懷遠念，每因翠羽以明。故〈桑中〉之喜，起詠於風人；〈陌上〉之情，肇思於前哲。清文滿篋，無非訴恨之辭；新製連篇，時有緣情之作。……及夫錦浪紅翻，珠林綠綴；臨池漱露，憑牅邀風；伴炎宵以孤坐，送永日而無聊。或託言於短韻，石韞玉而山輝；或寄意於新腔，水沉珠而川媚。〔註78〕

他認爲人因有情，故有所感，萬事萬物無一不可觸動人心中的情思。沈際飛〈詩餘四集序〉也說：「文章殆莫備於是矣。非體備也，情至也。」人的情思到了極致，很自然而然地訴諸筆墨，成了動人的篇章。這種論點，把「發乎情」的觀念直接當作詞產生的原因，是明人論詞十分特殊的觀點。

〔註73〕湯顯祖評韋莊〈謁金門〉（春漏促），同註26，卷一，頁24。

〔註74〕〈耳伯麻姑遊詩序〉，同註22，頁1110。

〔註75〕《譚元春集》卷二十二〈詩歸序〉，收於葉慶炳、邵紅編：《明代文學批評資料彙編》，同註23，頁777。

〔註76〕同註27，卷一，頁4。

〔註77〕同前註，卷十三，頁29。

〔註78〕茅暎：〈詞的序〉，茅暎評選：《詞的》，朱之藩定：《詞壇合璧》（明金閶世裕堂刊本，台北：中研院史語所傅斯年圖書館藏），頁1～2。

　　前面已經討論過，明人對於詞史的建構，已勾勒出完整的脈絡。這種「發乎情」的概念到了晚明，甚至加進詞的發展史中，使詞史的架構又有了不同的面貌。如《精選古今詩餘醉》中的兩段序文都是這種詞史的代表：

　　管貞乾在序中云：

　　　　夫人情與思亦何盡之，有束於格，則情不能暢，思不能溢。既可以變興、比、賦之制爲騷賦，即可以變騷賦之制爲五言；可以變五言之制爲古風，即可以變古風之制爲七言排律，爲樂府歌行；又何不可因律絕而變而爲詩餘也哉？〔註79〕

范文英也說：

　　　　詩餘者餘焉耳。餘者，天地之盡氣也。天地氣始於渾樸，終於淫靡。竊嘗於聲詩間窺之，夫自三百篇得於楚騷，自騷得漢魏，至六朝而淫，故其世短。然〈子夜〉〈四時〉，猶盤郁周折於詩之內，而不大裂。唐人出，回以大雅之首，情無不剖，體無不備。於初盛爲極，至中晚而靡，故其世衰。香匳雖豔，尚未離本調也。至宋則理多情寡，論多調寡，詩之一道無復存者；而人心中精華要渺之所存，遂旁溢於詞。〔註80〕

如此的詞史，比原來更爲偏頗，整個詞體的演變動因，從文體型式的**轉變**，更窄化、提高到「情」的因素。這種把單一原因擴大，忽略其他變因的架空性理論，儘管反映了明人淺薄輕率的論學態度，但也顯現出明人浪漫多情的一面。

第三節　風格論的轉變

　　風格論，是一種文體的定位和其藝術特質的限定。謝桃坊說，「中國古代文學批評家重視文體特性的探討，他們在嚴格的文體分類基礎

〔註79〕同註39，頁2～3。
〔註80〕同前註。

上認識到每種文體有其獨具功能，並要求相應的表述方式；沿用既久，文體特性便穩固下來。」〔註81〕魏晉時期，文學自覺，產生了最早的文體風格論，如曹丕《典論・論文》云「詩賦欲麗」，和陸機〈文賦〉謂「詩緣情而綺靡」，這些都是在論述文體應該表現出來的樣貌。每一種文體適合的題材和手法不同，表現風格自然也有所不同。因此文學批評上的文體風格論，都是在為該文體作定位，並樹立一個明確的審美理想。

　　明代對詞的風格論述，較之從前最大的突破，就是確實區分了「豪放」和「婉約」兩種詞風。但是「豪放」和「婉約」的區隔，也是根據前代的討論而來。前面提到，詞體風格的確立，應當要追溯到《花間集》。就目前流傳下來的文獻來看，《花間集》確為最早確立「詞」這一文學體式的文獻。陳振孫在《直齋書錄解題》即稱《花間集》為「近世倚聲填詞之祖也」〔註82〕，可見《花間集》在詞史上的重要。歐陽炯的〈花間集序〉也是最早的一篇詞學論文，其中說明《花間集》產於酒席歌宴之間，本為「綺筵公子」作給「繡幌佳人」演唱的歌詞，詞中主題不是美女就是愛情，風格當然也就以纖婉柔弱為主了。《花間集》的出現，使得詞體風格有了明確的定位，這種屬於女性化的、纖細的風格，除了可以在酒席間娛樂交際之用，也很適合在描寫美女愛情的同時，寄喻文人那種幽微的情感。〔註83〕文人士大夫在儒家傳統詩教之餘，仍不廢作小詞，足見詞體幽隱曲折的特色是多麼吸引人了。

〔註81〕謝桃坊：《宋詞辨》（上海：上海古籍出版社，1999 年 9 月），〈詞為豔科辨〉，頁 39。

〔註82〕陳振孫：《直齋書錄解題》（台北：台灣商務印書館，1978 年 5 月）卷二十一，頁 581。

〔註83〕葉嘉瑩先生在〈論詞學中之困惑與《花間》詞之女性敘寫及其影響〉一文中，曾詳細論述過《花間集》的女性敘寫與中國文人對詞的矛盾與困惑之間的關係。該文收於繆鉞、葉嘉瑩著：《詞學古今談》（台北：萬卷樓圖書有限公司，1992 年 10 月），頁 441～517。

　　但是詞體風格的演進，從韋莊、李後主的向內部抒寫自我，到蘇軾時產生的「詩化」之詞，詞之為體，終於擺脫了只能敘寫愛情美女的侷限，並且詞的內容也從對客體的敘寫，轉為主體情志的抒發。蘇軾的這種「以詩為詞」的創作方式，是詞史上的一大突破，豪放、壯闊的詞風，也由此出現。南宋俞文豹的《吹劍續錄》有一段很有名的記載：

　　　　東坡在玉堂，有幕士善謳。因問：「我詞比柳詞何如？」
　　對曰：「柳郎中詞，只好十七八女孩兒，執紅牙拍板，唱
　　　『楊柳岸曉風殘月』；學士詞，須關西大漢，執鐵綽板，
　　　唱『大江東去』。」公為之絕倒。

這段有趣的記載，道出了兩種截然不同的詞風特點：一個是柔媚婉約，一個是雄偉豪放。而蘇軾聽到幕士所說的評語之後「為之絕倒」，可見他也自知他豪放的詞風所展現的陽剛特質是與當時崇尚的柔美之風有所不合的。

　　在蘇軾之前，詞的書寫大抵是柔媚婉約的，是女性的、纖弱的，沒有人去改變或質疑過。詞有它專屬的藝術風貌，南宋張炎在《詞源》所說：「簸弄風月，陶寫性情，詞婉於詩。蓋聲出鶯吭燕舌間，稍近乎情可也。」〔註84〕就應該是詞本來應有的藝術特質。但是詞的發展歷程，蘇軾帶出豪放的詞風可說是一個歧出點，整個宋代詞壇引起了廣泛的激辯和討論：究竟是蘇軾詞是如王灼所說「指出向上一路」〔註85〕呢，還是如陳師道所批評的「如教坊雷大使之舞，雖極天下之工，要非本色」〔註86〕？兩面的說法一直爭議不斷，但這個討論說穿了，不外乎「以詩為詞」的做法究竟妥不妥當？或者說，詞在詩面前，究竟該不該有自己專屬的藝術特質？

　　關於這一部分，已經有許多學者都寫過專文論述，此不再述。此

〔註84〕同註 10，頁 263。
〔註85〕同註 17。
〔註86〕陳師道：《後山詩話》，收於何文煥編：《歷代詩話》（台北：藝文印
　　　　書館，1991 年 9 月），頁 185。

處要說的是，這種論爭牽涉到了「楊柳岸曉風殘月」和「大江東去」兩種風格的分野。陳師道的「本色」論一提出，對於詞風的規範似乎是定型了，也就是說，文人的認知裡，詞確實本來應該要柔美的，只是對於豪放風格的加入，有贊成與反對兩面而已。

　　到了明代，上述的兩種詞風被明確地劃分為二：一是婉約，二是豪放。張綖〈詩餘圖譜凡例〉中說：

　　　詞體大略有二，一體婉約，一體豪放。婉約者，欲其
　　詞情醞藉；豪放者，欲其氣象恢弘。蓋亦存乎其人。……
　大抵詞體以婉約為正。〔註87〕

明確指出詞應當「以婉約為正」。明代詞風確實以婉約柔弱為主，甚至有淫靡、俗化的傾向，這也正是最為後人所詬病的地方。

　　以上所述，主要是想強調，明代以來由於詞集亡佚，曲調失傳，人們的眼界變得十分狹小，他們所說的「以婉約為正」，並非如宋代那樣是為了尊體或是標榜詞「別是一家」，而是因為文壇上主情說的流行，使得明人對於詞體中的「情」更加注意；再加上詞在當時被視為小道，使得文人更能坦然面對詞的情感特色。陳霆《渚山堂詞話》序言就曾說過：「嗟乎，詞曲於道末矣。纖言麗語，大雅是病。」〔註88〕明白地宣稱詞是屬於末道，是纖言麗語，難登大雅之堂。王世貞又進一步發揮，認為作詞要「一語之豔，令人魂絕；一字之工，令人色飛」，而且「不作可耳，作則寧為大雅罪人，勿儒冠而胡服也」。〔註89〕這種「大雅是病」、「大雅罪人」的說法使得文人產生一種心態，就是一方面對待詞體以小道視之，一方面又因為其為「小道」，而更能正視其中「情」的部分，使得這種「小道」的地位益發重要。如此

〔註87〕轉引自謝桃坊《中國詞學史》（修訂本）（成都：巴蜀書社，2002 年
　　　　12 月），頁 175～176。臺灣可見到的《詩餘圖譜》並無此段凡例，
　　　　謝桃坊在頁下附註有云，此段凡例僅見於萬曆二十九年游元涇校刊
　　　　之《增正詩餘圖譜》。
〔註88〕同註 32。
〔註89〕同註 34。

一來，「婉約」自然就是時代風氣下的不二選擇，而這種「婉約」是一種世俗化眼光接受下的風格，其中不乏淫靡、俚俗之作，與南宋所倡導的那種雅化、柔美的詞風是大相逕庭的。

明代文壇的注意力，多集中在詩和文的論爭，對於詞的注意力是相對小了許多。按張仲謀先生在《明詞史》中的分期，永樂到成化是「衰弊期」，而自弘治以來則展開了詞的「中興期」。「中興期」以來，詞作、詞話和評點都陸續出現，儘管我們說文人的心態對詞較不重視，但這是相對於詩文而言。「中興期」以後，注意到詞的文人是有所自覺的，評點詞集中的評點者或持論者，既然已經參與了評點的活動，那麼他們對於詞必然是有相當程度的重視，而且具有自己的論點。結合上述文人對詞普遍的態度，評點詞集中的論者對詞有所自覺，並且對詞的態度較為重視；但同時他們對於詞的認知仍然不足，而且同樣深受主情說的影響，因此對於詞的風格論述，也隨著主情思潮的轉變而轉變。大抵說來，是從以婉約為主的觀點，逐漸變為婉約與豪放的融合。以下大略分為三個階段來談〔註90〕：

（一）首先，是楊慎對豪放詞的「兼容」。明人對於詞，是以世俗化的眼光去欣賞、接受，所以他們推崇的詞風一直是以香艷之作為主。楊慎處在這樣的環境，能夠注意到豪放詞風的優點，是十分難得的。從前張炎在《詞源》中說：「辛稼軒、劉改之作豪氣詞，非雅詞也；於文章餘暇，戲弄筆墨，為長短句之詩耳。」〔註91〕這是由於要防止詞淪落為叫囂之氣，所以主張詞的雅化，而駁斥豪氣詞風。明代詞風幾乎一面倒地傾向柔靡，楊慎卻能夠有所知覺，並對南宋豪放詞給予很高的評價：「近日作詞者，惟說周美成、姜堯章，而以東坡為詞詩，稼軒為詞論，此說固當。蓋曲者曲也，固當以委曲為體，然徒狃於風情

〔註90〕此處所分三個階段，是由於從評點詞集中確實反映出三個階段不同的論詞態度，並且也與當時的思潮相關聯，但這階段不以「分期」言之，是因為 1. 資料數量並不多，2. 這三階段並沒有明確的時間劃分，所以僅大略分成三個階段，以便於討論。
〔註91〕同註 10，頁 267。

婉變，則亦易厭。回視稼軒所作，豈非萬古一清風哉！」〔註 92〕在評點《草堂詩餘》時，楊慎評論蘇軾〈念奴嬌〉（大江東去）云：

> 古今詞多脂膩纖媚取勝，獨東坡此詞感慨悲壯，雄偉高卓，詞中之史也。銅將軍鐵拍板唱公此詞，雖優人謔語，亦是狀其雄卓奇偉處。〔註 93〕

這樣的看法可以說是很難能可貴的了。此外，在詞選的編輯上，楊慎輯錄了《詞林萬選》和《百琲明珠》兩部詞集，這兩部詞集是《草堂詩餘》的續編，整體詞風雖仍以婉麗為主，但其中也搜羅了南宋的豪放詞，使得南宋豪放詞得以嶄露頭角。〔註 94〕但是，他的「兼容」也就只能是這樣的程度了，因為其實說到底，楊慎還是較為推崇豔麗的詞風，我們看幾則他在《草堂詩餘》中的評語，如評張元幹〈滿江紅〉（春水連天）云：

> 極婉轉藻麗，膾炙人口。〔註 95〕

旁批秦觀〈水龍吟〉（小樓連苑）「天還知道和天也瘦」句云：

> 情極之語，纖頓特甚。〔註 96〕

可以看出他對這種婉轉濃豔的詞風仍然具有極大的興趣，並且十分推崇。同時，我們也不能忽略，他畢竟還是選擇了以纖麗婉約詞風為主的《草堂詩餘》來評點，並且還評點了《四家宮詞》，代表著他仍然是迎合眾人淫靡的口味，其媚俗或是世俗化的取向還是很明顯的。當然從楊慎的著作來看，可以看出他對詞這一領域的用心，而且他將南宋的豪放詞帶進詞壇的企圖心也很明顯，但或許受限於文獻的不足，以及時人的風尚和眼光，他所選擇仍是以所謂的「婉約」詞為主。總的說來，他對詞壇仍是有突破和貢獻，但是效果在當時畢竟有限。

　　（二）接下來的評點詞集，是以「婉約」為重。何良俊〈草堂詩

〔註 92〕楊慎《詞品》卷四，同前註，頁 503。
〔註 93〕同註 61，卷四，頁 29。
〔註 94〕參見陶子珍：《明代詞選研究》（同註 42），頁 87～107
〔註 95〕同註 61，卷四，頁 2。
〔註 96〕同前註，卷四，頁 36。

餘序〉中區別了樂府和詞的不同風格：

> 樂府以遒逕揚厲爲工，詩餘以婉麗流暢爲美。即《草
> 堂詩餘》所載周清眞、張子野、秦少游、晏叔原諸人之作，
> 柔情曼聲，摹寫殆盡，正詞家所謂當行、所謂本色者也。

「柔情曼聲」爲「詞家當行、本色」，在明人開始主動選擇《草堂詩餘》，造成《草堂詩餘》流行之時，就已經默默認同了這樣的觀點，就連楊愼在認同豪放詞的同時也不例外。接續著這些觀點之後，影響詞壇至深的，就是王世貞了。王世貞的許多觀點不僅繼承了楊愼的說法，而且更進一步。比如，他們同樣主張詞起源於六朝，但是王世貞就在這點更加強說明詞的風格。像前面我們提到的，王世貞認爲作詞要「一語之豔，令人魂絕；一字之工，令人色飛」，而且「不作可耳，作則寧爲大雅罪人，勿儒冠而胡服也」；又說詞的風格「婉孌而近情也」、「柔靡而近俗也」。〔註97〕王世貞以文壇宗主的地位發此論，帶給時人的影響自然是十分深遠，整個詞壇在一片主情的聲浪中，詞中的愛情被越提越高，文人對詞的接受，就益發地以「婉約」爲正了。

湯顯祖所評點的《花間集》，就是在這樣的風氣下出現的。《花間集》所代表的詞風是纖靡婉約，內容多爲柔美浪漫的愛情。湯顯祖幾番在情與理之間掙扎之後，仍是選擇「爲情作史」，在他的戲劇作品《牡丹亭》中，讚揚了跨越生死的偉大愛情，在辭世前評點了《花間集》，也算是爲他主情思想作個完結。〔註98〕我們舉幾則評語來看：

眉批溫庭筠〈女冠子〉（含嬌含笑）云：

> 宿翠殘紅，窈窕新妝初試，當更娥媚撩人。情語不當
> 爲登徒子見也。〔註99〕

湯顯祖認爲，戀愛中充滿眞情的言語都是極其可愛的，但在登徒子眼

〔註97〕王世貞：《藝苑卮言》「隋煬帝望江南爲詞祖」條，同註10，頁385。
〔註98〕相關論述可參見拙著〈湯顯祖評點《花間集》的原因及其特色〉，《東吳中文研究集刊》第10期（2003年9月），頁157～163。
〔註99〕同註26，卷一，頁12。

裡，所詮解的就完全脫離了深情的本意了。湯顯祖在此處似乎有意在以往「情」與「淫」的爭論中，駁斥視男女情愛爲「淫」的觀點，強調情感的動人之處。再看孫光憲〈更漏子〉（今夜期）一詞，湯顯祖評云：

> 至得情深江海，自不至腸斷西東，其不然者命也，數也。人非木石，那得無情？世間負心人，豈木石之不若耶？
> 〔註100〕

此處湯顯祖仍是重申他主情的主張。若「情深江海，自不至腸斷西東」，情深如杜麗娘，得以殞命又還魂。但人生往往不如意事十有八九，人既非木石，又豈能無感？

　　與湯顯祖評點《花間集》約略同時，茅暎編輯並評點了《詞的》。前面我們談到過，《詞的》特意地標榜「情」，因此內容以香豔柔美爲主。在「幽俊香豔」爲當行，且「旨本淫靡，寧虧大雅」的觀念主導下，他的評語也都偏向讚揚婉麗詞風的。如評蔣捷〈女冠子〉（蕙花香也）云：「麗景幽思，令人想殺。」〔註101〕而張先〈減字木蘭花〉（垂螺近額）眉批云：「纖豔。」〔註102〕又晏幾道〈踏莎行〉（小徑紅稀）「東風不解禁楊花，濛濛亂撲行人面」一句評曰：「楊花撲面，即見春思困人。」〔註103〕都著重在詞中柔美纖靡的情思。

　　稍後的沈際飛，較之茅暎，他的態度「修正」許多。他承繼著湯顯祖主情的精神，也同樣讚揚天地至情。他在〈草堂詩餘四集序〉中云：

> ……文章殆莫備於是矣。非體備也，情至也。情生文，文生情，何文非情？而以參差不齊之句，寫鬱勃難狀之情，則尤至也。……甚而遠方女子，讀淮海詞，亦解膾炙，繼

〔註100〕同前註，卷三，頁33。
〔註101〕同註37，卷四，頁22。
〔註102〕同前註，卷二，頁1。
〔註103〕同前註，卷三，頁7。據陶子珍所撰《明代詞選研究》（同註42）
　　　　一書中所附之詞集題名勘誤表，當爲晏殊所作。

之以死。……雖其鑴鏤脂粉，意傳閨閨，安在乎好色而不
淫？而我師尼氏刪國風，逮〈仲子〉、〈狡童〉之作，則不
忍抹去，曰：「人之情，至男女乃極。」未有不篤於男女之
情，而君臣、父子、兄弟、朋友間反有鍾吾情者。況借美
人以喻君，借佳人以喻友，其旨遠，其諷微……詩餘之傳，
非傳詩也，傳情也，傳奇縱古橫今，體莫備於斯也。余之
津津焉評之而訂之，釋且廣之，情所不自已也。〔註104〕

沈際飛爲湯顯祖的戲劇作品寫了許多評論，他對於湯顯祖標榜的至情
非常認同。在這段序文當中，他提到一段記載：有女子酷愛讀秦觀的
詞，欲以身相許，卻聽聞秦觀已死，她因此悲痛辭世。這與當時湯顯
祖《牡丹亭》一出，有許多女子爲此傷心斷腸，是同樣道理的。文字
藝術的情感動人之深，正是沈際飛所主張強調的。他以捏造的孔子「人
之情，至男女乃極」一句話，提高男女情愛的價值，再由此轉論詞曲
折婉轉的特色，可以「借美人以喻君，借佳人以喻友」，「其旨遠，其
諷微」，這樣一來，使得詞中的情愛向儒家思想回歸。

他的評點，也就像他自己所說的，他評詞是因爲「情所不自已
也」，所以筆調都帶著深情。像他評周邦彥〈少年遊〉（并刀如水）：

「低聲（低聲問向誰）」數語旖旎婉戀，足以移情而奪
嗜。〔註105〕

又評謝懋〈鵲橋仙〉（鉤簾借月）「明朝烏鵲到人間，試說向、青樓薄
倖」句：

借天上多情，破人間薄倖，題外意妙。〔註106〕

這樣的評語，細細品味男女的愛情，可說是浪漫至極了。

（三）到了崇禎年間，評點詞集中已經逐漸將「婉約」與「豪
放」兩種調和，並且對於兩種詞風都逐漸能平等視之。沈際飛評點
《草堂四集》就已經有兩種詞風融合的傾向。這部詞集搜羅的年代

〔註104〕同註29，沈際飛〈序草堂詩餘四集〉，頁4～8。
〔註105〕同前註，《草堂詩餘正集》卷一，頁34。
〔註106〕同前註，卷二，頁1。

和範圍都很大，其中豪氣詞自然也收錄了許多。他在〈草堂詩餘別集小序〉中說：

> 滄浪氏（嚴羽）云，詩有別才，有別趣，餘何獨不然？
> 夫雕章縟采，味腴掔芳，詞家本色；則掀雷抉電，嗔目張膽者，大雅罪人矣！而不觀顥穹之軒如轟如，閉陰縱陽者乎？〔註107〕

他認為，「雕章縟采，味腴掔芳」者是詞家本色。不過他也作了說明，豪氣詞的「掀雷抉電，嗔目張膽」也算是「大雅罪人」，婉約和豪放就如同國有嫡庶統之分，所以他說的「別」只是一種區隔，並非豪放詞就低於婉約一等，畢竟人的七情六慾是沒有等差之分的。

從沈際飛的想法中其實不難看出，他在為豪放詞說解時，其實心中認定的詞家本色還是婉約詞。我們看他評胡浩然〈東風齊著力〉（殘臘收寒）云：

> 詞貴香而弱，雄放者次之。〔註108〕

也就是說，在他心目中，仍然是以婉約詞為重，他收錄豪放詞只是一種自身的嘗試和突破，因為他所完成的《草堂四集》，畢竟是為了以《草堂詩餘》作為基點，溯上羅下，貫串隋唐五代乃至於明的鉅作。培養對於不同詞風的欣賞，也是他所自覺的。

陸雲龍所評選的《詞菁》，是意取詞中的「菁華」。他認為，明代詞風「人巧欲盡，悉為奇險之句，幽竊之字，實緣徑窮路絕，不得不另開一堂奧」，因此他「取《花間》、《草堂》並咀之，《草堂》自更新綺者」〔註109〕，從《草堂四集》中輯錄他所認定的「菁華」，而編成這部詞集。他在序中還評論了當代的詞：

> 至我明郁離（劉基），具王佐才，廁身帷幄，宜同稼軒，時露英雄本色。乃似柔其骨，麗其聲，藻其思，務見菁華之

〔註107〕同前註，《草堂詩餘別集》，頁3。
〔註108〕同前註，《草堂詩餘正集》卷三，頁9。
〔註109〕陸雲龍：〈敘〉，陸雲龍編選：《詞菁》（明崇禎崢霄館刻本，上海：復旦大學圖書館藏）。

色，則所尚可知矣。〔註110〕

有英雄之氣，同時又能「柔其骨，麗其聲，藻其思」，如此才是陸雲龍編選詞的準則。他評論楊慎〈折桂令〉（枕高岡、坐占鷗沙）云：「聲宜鐵綽。」〔註111〕是對於雄壯豪邁詞風的判定；又評沈際飛〈風流子〉（對洛陽春色）：「描摹酷至，極麗極盡。」〔註112〕則是讚賞這闋詞的刻劃逼真，情致婉麗。

最直接提出消弭豪放與婉約兩種詞風界限的，就是《古今詞統》了。徐士俊〈古今詞統序〉中明白表達這樣的立場：

> ……猶有議之者，謂「銅將軍」、「鐵綽板」，與「十七
> 八女郎」相去殊絕，無乃統之者無其人，遂使倒流三峽，
> 竟分道而馳耶！余與珂月，起而任之，曰：是不然。吾欲
> 分風，風不可分；吾欲劈流，流不可劈。非詩非曲，自然
> 風流，統而名之以詞。〔註113〕

「銅將軍」、「鐵綽板」，與「十七八女郎」代表的只是詞的不同表現手法，如果強要將兩種詞風分別開來，只會讓兩種詞風分道揚鑣，使詞壇分裂。他和卓人月兩人意識到了這個問題，因此「起而任之」，意欲一統詞壇。此處他還用了有趣的比喻：風不可分，流不可劈，詞也是如此；詞乃是自然風流，更不可將之剖分。

孟稱舜在序中也說：

> 樂府以嫩逕揚屬為工，詩餘以婉麗流暢為美。故作詞
> 者率取柔音曼聲，如張三影、柳三變之屬。而蘇子瞻、辛
> 稼軒之清俊雄放，皆以為豪而不入於格。……予竊以為不
> 然。蓋詞與詩、曲，體格雖異，而同本於作者之情。……
> 作者極情盡態，而聽者洞心聳耳，如是者皆為當行，皆為
> 本色，寧必姝姝媛媛學兒女子語，而後為詞哉？〔註114〕

〔註110〕同前註。
〔註111〕同前註，卷一，頁42。
〔註112〕同前註，卷一，頁35。
〔註113〕同註27。
〔註114〕同前註。

這段序言很明確表達了他的立場。歷來文人多以爲婉約爲詞家本色，他駁斥這個說法，他認爲，不論什麼文體，都是本於作者之情，既然如此，「作者極情盡態，而聽者洞心聳耳，如是者皆爲當行，皆爲本色，寧必姝姝媛媛學兒女子語，而後爲詞哉？」

　　在《古今詞統》中，錄了王世貞《藝苑巵言》有名的一段話：「……一語之豔，令人魂絕；一字之工，令人色飛，乃爲貴耳。……作則寧爲大雅罪人，勿儒冠而胡服也。」這段話一直都被明人所贊同、引用，影響十分深遠，但是我們看徐、孟二人在這段話加上的眉批：「弇州詞近豪爽，顧必首推工豔者，自愧未能也。」〔註 115〕他們認定，王世貞就是因爲不擅於作工豔之詞，所以才會一直在詞論中強調。當然，王世貞的詞作，不能以「近豪爽」一語概括，他們此處所說的，只是一種強加說解，力圖矯正以婉約爲本色的企圖十分明顯。

　　另外，在呂本中〈醜奴兒令〉（恨君不似江樓月）一闋詞也評曰：「情不在豔，而在眞也。」〔註 116〕就是在說明，情感是沒有豔與不豔的分別，只有出自眞情的作品才是眞正感動人心的。

　　不過《古今詞統》中也不是一味在替豪放詞說話，或一味貶低婉約詞風。他們在柳永〈雨霖鈴〉（寒蟬淒切）一闋有眉批云：

　　　戲爲柳七反脣云：「大江東去，浪淘盡、千古風流人
　物」，死屍狼藉，臭穢何堪！〔註 117〕

當時蘇軾和柳永兩種截然不同的詞風，爲宋代詞壇帶來很大的衝擊。在這裡他們也幽默了一下，「大江東去」詞中緬懷了古戰場的歷史滄桑，他們假裝爲柳永辯駁：誰知道此中是不是「死屍狼藉，臭穢何堪」呢？這種消解婉約與豪放詞風的方式，十分有趣。

　　潘游龍的《精選古今詩餘醉》也是抱持調和兩種詞風的態度，他在序中說：

〔註 115〕同前註，〈舊序〉，頁 6。
〔註 116〕同前註，卷四，頁 44。
〔註 117〕同前註，卷十四，頁 24。

> 詞則自極其意之所之，凡道學之所會通，方外之所靜
> 悟，閨幃之所體察，理爲眞理，情爲至情，語不必蕪。而單
> 言只句，餘於清遠者有焉，餘於摯刻者有焉，餘於莊麗者有
> 焉，餘於悽婉悲壯、沉痛慷慨者有焉。令人撫一調、讀一章，
> 忠孝之思、離合之況、山川草木鬱勃難狀之境，莫不躍躍於
> 言後言先，則詩餘之興起人豈在三百篇之下乎！〔註118〕

詞的抒情功能是不下於詩的。不論何種題材，只要是發乎至情，不管
莊麗或悲壯、慷慨，各種詞風格都可能出於詞人之手。郭紹儀的序說
得更簡單明瞭：

> ……誰謂是鐵石腸者無錦口綉心，而大江東去果遜步
> 於曉風殘月乎？〔註119〕

此處又是以蘇軾與柳永爲代表詞風，兩者各有佳處，只是題材不同，
表現手法也有所不同罷了，誰說「鐵石腸者無錦口綉心」呢？

　　彌漫整個中晚明的主情思潮，隨著時代的前進而不斷修正、改
變。對於詞的風格論，也主情思想的修正而有了轉移。吳梅批評明代
詞壇說：「永樂以後，兩宋諸名家詞皆不顯於世，惟《花間》、《草堂》
諸集獨盛一時，於是才士模情，輒寄言於閨闥，藝苑定論，亦揭櫫於
香匳，託體不尊，難言大雅。」〔註120〕確實道出了明中葉以來詞壇
的弊病。然而我們細看這些評點詞集，儘管柔美婉約的詞作有廣大的
讀者群，但是身爲評點者，文人逐漸有了自覺，將豪放詞納入，也使
得明人詞壇的視野開闊了些。

〔註118〕同註39。
〔註119〕同前註，頁3～4。
〔註120〕同註54，頁142。

第五章 評點詞集中的審美風尚

　　在詞的評點中，除了表達評點者所持的理論立場以外，也展露出文人的審美趣味。而「審美理解是在傳統的偏見中進行的」〔註1〕，這「傳統的偏見」，正是明代文人承接時代氛圍所展現出的對美感的品味與賞好。

　　我們前面討論過，明代的詞評點，是在特殊的文化環境中興起。中晚明文人，對詞抱持著兩極的態度：既重視又漫不經心；既視之為小道，又特別想要細細賞玩琢磨。在世俗化的傾向和商業型態的主導下，「評點」這種隨性把玩的批評方式便應運而生。那麼，評語儘管支離，卻蘊含著當時文人的文化涵養與感知經驗。

　　郭紹虞在〈明代文學批評的特徵〉一文中說：

　　　　什麼是明代文學批評的特徵？那是頗帶一些「法西斯式」作風的。偏勝，走極端，自以為是，不容異己。因此，盲從、無思想、隨聲附和、空疏不學，也成為必然的結果。這是法西斯式作風所應有的現象。這種作風，形成了明代文壇的糾紛，同時也助長了明代文壇的熱鬧。〔註2〕

〔註1〕王岳川：《現象學與解釋學文論》（濟南：山東教育出版社，1999年4月），頁216。

〔註2〕郭紹虞：《照隅室古典文學論集》（台北：丹青圖書出版公司，1985年），頁337。

這段話大致道出了明代文學批評的狀況。明代文人的獨特文化性格，使得文壇展現出特殊的樣貌。他們浪漫、多情，一方面標新立異，一方面又隨聲附和、空疏不學這種態度，也顯露在評點詞集中。也因此，「評點」這種具有商業性和賞玩特質的批評模式，更帶有一種屬於當時的、特有的流行文化。

　　儘管在每個時代都各有自己對美感的偏好，但中晚明的時代背景，使得「流行文化」的模式，大大地領導了詞壇的品味。因此，與其探究細碎的、各自表述的品鑑立場，或是傳統固有的美感標準，還不如從「流行文化」的角度切入，更能清楚地勾勒出屬於當時獨特的審美面貌。

　　以下我們將從六朝典範的樹立、論述焦點的集中和對立意識的並置與融合三條路向，來探討於流行文化的主導下，明人在評點詞集中展現的審美趣味。

第一節　「六朝」典範的樹立

　　在上一章我們探討過，明人論詞，偏好詞史建構的論詞方式。他們統一地將詞的起源追溯至六朝，使得前人莫衷一是、眾說紛紜的起源問題，到了中晚明有了一致的答案。如楊慎在《詞品》「梁武帝江南弄」條云：

　　　填詞起於唐人，而六朝已濫觴矣。〔註3〕

又在「玉筍楚妃吟」一條中云：

　　　　大率六朝人詩，風華情致，即是詞也。宋人長短句雖
　　　盛，而其下者，有曲詩、曲論之弊，終非詞之本色。予論
　　　填詞必泝六朝，亦昔人窮採黃河源之意也。〔註4〕

王世貞《藝苑巵言》中也有同樣的論述：

　　　　詞者，樂府之變也。昔人謂李太白〈菩薩蠻〉、〈憶秦

〔註 3〕唐圭璋編：《詞話叢編》（北京：中華書局，1986 年 11 月），頁 421。
〔註 4〕同前註，頁 425。

娥），楊用脩又傳其〈清平樂〉二首以謂調祖，不知隋煬帝
已有〈望江南〉詞，蓋六朝諸臣頌酒賡色，務裁艷語，默
啓詞端，實爲濫觴之始。……〔註5〕

楊愼、王世貞二人的說法，不約而同地從風格處著眼，深深影響了後世的詞學觀點。「六朝」風格，也隱隱成了明人論詞的評定準則。

　　然而在探討詞起源於六朝的說法時，我們不能不注意到，「六朝」的議題，在明代中葉爲文人所密切關注。六朝議題之所以被提出討論，是起於明人對詩風的檢討與改進。明初以來，臺閣體的文藝觀來自於道統，文風尚質，但繁衍數十年，文壇逐漸趨於「嘽緩」、「膚廓」，於是李東陽等人試圖引入「流易」、「清婉」文風，企圖「以一種輕靈、感悟式的詩意替代過去簡單、淺實的描繪」。然而，這種文風「雖然正好適應了成、弘以來審美主義對形式化無節制渴求的心理，但又將這種渴求限定在修辭化努力的狹窄空間，從而引起『流靡』等文風」〔註6〕，這種「流靡」的文風，正是「六朝」概念被引出的關鍵，因爲六朝文風所代表的，就是文學主體性的開展。作爲嘽緩無生氣文壇的反動，六朝之學蔚爲風尚，許多文人都學作六朝文，在金陵一帶甚至出現了「六朝派」。七子爲了防止流靡，振興詩學，因此對六朝派大加抨擊。文壇的論爭由此開端，文人對於「六朝」的概念也就有許多著墨。

　　何景明論述六朝的風格云：

　　……繼漢作者於魏爲盛，然其風斯衰矣。晉逮六朝，作者益盛而風益衰，其志流，其政傾，其俗放，靡靡乎不可止也……〔註7〕

李夢陽則說明了當時文人喜好六朝文的風氣：

〔註 5〕同前註，頁385。
〔註 6〕黃卓越：《明永樂至嘉靖初詩文觀研究》（北京：北京師範大學出版社，2001 年 12 月），頁 150。有關臺閣文風的盛行和傾頹、茶陵派的改革（包括帶起了「六朝派」的出現），一直到七子派的振興（亦包括對六朝派的抨擊），在書中均有詳盡的論述。
〔註 7〕〈漢魏詩集序〉，何景明：《大復集》卷三十四。

> ……六朝偏安，故其文藻以弱。……今百年化成人士，
> 咸於六朝之文是習是尚，其在南都爲尤盛。……大抵六朝
> 之調悽宛，故其弊靡；其字俊逸，故其弊媚……〔註8〕

差不多同時的顧璘，以自身的經驗，奉勸後學不可習作六朝文。他在
〈文端序〉中云：

> 文始於六經正學也，其大壞乃有六朝綺麗之體，衰宋
> 瑣弱之習……若夫《文選》、《文苑》諸書，正詞人雕蟲小
> 技，吾方悔其少習，乃所願諸生，勿蹈吾後也。〔註9〕

顧璘認爲，六朝綺麗之體畢竟非正學。他在南京爲官時，受當時風氣
影響而學六朝文，他爲此深深地後悔，勸諸生不要重蹈覆轍。

楊慎也描述了嘉靖以來六朝文風的盛況：

> ……嘉靖初，稍稍厭棄，更爲六朝之調，初唐之體，
> 蔚乎盛矣，而纖豔不逞，闊緩無當……〔註10〕

王世貞對於入明以來的文壇概況亦有詳盡的論說：

> 國初諸公承元習，一變也，其才雄，其學博，其失冗。
> 而易東里再變之，稍有則矣，旨則淺，質則薄；獻吉三變
> 之復古矣，其流弊蹈而使人厭；勉之諸公四變而六朝，其
> 情辭麗矣，其失靡而浮；晉江諸公又變之爲歐曾，近實矣，
> 其失衍而卑……〔註11〕

這樣的說法不僅流行在當時，一直到了萬曆年間，胡震亨也用了類似
的角度，闡述文壇發展脈絡：

> 世所盛行宋元詞曲，咸以昉於唐末，然實陳隋始之。
> 蓋齊梁月露之體，矜華角麗，固已兆端，至陳隋二主，並
> 富才情，俱涵聲色，所爲長短歌行，率宋人詞中語也。煬
> 之〈春江〉、〈玉樹〉等篇尤近，至〈望江南〉諸闋，唐宋
> 元人沿襲至今，詞體濫觴，實始斯際。自文皇以鴻裁碩藻，

〔註 8〕 〈章園餞會詩引〉，李夢陽：《空同集》卷五十六。
〔註 9〕 顧璘：《憑几集續編》卷二。
〔註10〕 〈胡唐論詩〉，楊慎：《升菴集》卷五十四。
〔註11〕 王世貞：《弇州四部稿》卷一百二十七。

> 撥六朝餘習而力反之，子昂、太白相望竝興，逮少陵氏作，
> 出經入史，劃絕淫靡，有唐三百年之詩，遂屹然羽翼商周、
> 驅駕漢魏……〔註12〕

他們的觀點，使得明初以來的文壇流變昭然可見。我們從這一連串的討論來看，可以發現，六朝文風在論述期間，逐漸被歸納爲麗、靡、媚、浮等風格。但是六朝風格眞可以這樣概括嗎？到底是什麼原因讓文人如此歸納？

　　大陸學者黃卓越在《明永樂至嘉靖初詩文觀研究》一書中指出，後人對於七子的復古有所謂的「宗唐」的論斷，但事實上，這「宗唐」的背後，還有「魏晉」作爲最後的依據。〔註13〕六朝之學，代表著文學審美主體性的開展，因此，所謂的「六朝風格」可能發展出兩條路線：一條就是刻劃情感，走上如謝靈運、鮑照等雄渾之風，這也就是他們所謂的「魏晉」或「漢魏」醇厚古風，也正是在復古統緒中，盛唐詩風的源頭；另一條路就是放任審美意識的氾濫，而走上浮靡、婉麗，這是在傳統詩教的立場上，文人所不樂見到的。這兩條路正好相對立，因此，在對待「六朝」的議題時，文人的心態是較爲複雜的，細部的考察，宜另文敍述。在這裡所要說的，就是文人在對於六朝議題不斷著墨、討論的同時，必然也會激發許多其他的聯想。楊愼、王世貞所主張詞起源於六朝的說法，我想就是由一連串對六朝議題的探討而來的。

　　詩的復古，是由於審美意識的擡頭，企圖超脫臺閣體的千篇一律，尋求一個轉變的契機。但不管如何轉變，詩仍然是背負著傳統儒家思想。而詩的嚴肅與詞的小道性格，向來被賦予二元對立的概念，如實／浮、言志／抒情、古淡／藻飾，雅正／淫俗……等，那麼，前面所說六朝的主體審美觀引發的兩條路線，正好與詩／詞的二分相

〔註12〕胡震亨：《唐音癸籤》卷十五。
〔註13〕同註6，第四章〈前七子復古主義觀考辨〉，頁165～207。文中論述了前七子對於「復古」的訴求，有更深層的理解和探討，釐清了文學史上向來「以宗唐反宋」的簡單化觀點。

扣：其中一條，漢魏古風（或說盛唐淳厚之風），是作詩的典範，而六朝的另一條路──浮靡、婉麗呢？文人意外地發現，這條路與詞的「本色」是多麼的雷同，這樣跨時代的巧合無疑是令人驚喜的，這也就是爲什麼楊愼、王世貞將詞起源追溯到六朝時，要這麼多次的強調論述、沾沾自喜，矜爲獨得之祕了。

當然，在明代以前，也有文人稍微提到了詞體與六朝宮體風格的雷同性。早在歐陽炯的〈花間集序〉中就已指出，詞體的特殊藝術風格，與南朝宮體詩和北里倡風有很大的淵源。《雪浪齋日記》中稱讚「舞低楊柳樓心月，歌盡桃花扇底風」一句「不愧六朝宮掖體」〔註 14〕，陸游〈花間集跋〉也說詞「適與六朝跌宕意氣差近」〔註 15〕，他們都發現了詞和六朝風格的相似性。雖然詞的起源朝代有許多種說法，但由於明代對於六朝議題的論述，使得六朝風格特別被關注，爲明人帶來更多的想像空間。文人敏銳地截取了綺麗的宮體部分，與崇奢、重情、好淫靡的時代風尚巧妙地連結起來，六朝風格於是簡化爲「綺麗」、「浪漫」，甚至是「濃豔」、「纖靡」的。這種截取，就如同王世貞說「晉人工於舌而拙於筆，六朝穠於筆而淺於志」〔註 16〕的判斷是一樣的，是一種以偏概全的思考理路。王世貞、楊愼將詞的起源追溯至六朝，符合了當時文人的想像，六朝的概念，也就成爲明人論詞的基礎了。

楊愼「論塡詞必溯六朝，亦昔人窮探黃河源之意也」，深深影響了文人的詞觀。在評點中，他們的評定標準，往往以「六朝」爲終極審美標準。楊愼在晏幾道〈鷓鴣天〉（綵袖慇勤捧玉鍾）「舞低楊柳樓心月，歌盡桃花扇底風」一句旁批：

工而艷，不讓六朝。〔註 17〕

〔註 14〕胡仔：《苕溪漁隱詞話》卷一「秦處度法山谷」，收於唐圭璋編：《詞話叢編》（同註 3）冊一，頁 164。

〔註 15〕金啓華等編：《唐宋詞集序跋匯編》（台北：臺灣商務印書館，1993年 2 月），頁 340。

〔註 16〕〈鳳笙閣簡抄序〉，王世貞：《弇州四部稿》卷六十五。

〔註 17〕楊愼評點：《草堂詩餘》（明吳興閔暎璧刊朱墨套印本，台北：國家

這也正是他自己最得意的主張。湯顯祖受到這種說法的影響非常深，大抵說來，與他自己所偏好的風格有很大的關係。我們看當時文人對湯顯祖的評語，如查繼佐〈湯顯祖傳〉云：「海若爲文，大率工於纖麗，無關實務。然其遣思入神，往往破古。」〔註18〕呂天成也評論：「摘豔六朝，句疊花翻之韻。」〔註19〕沈際飛對於湯顯祖的戲劇十分讚賞，他在〈題紫釵記〉中云：「惟詠物評花，傷景譽色，穠縟曼衍，皆《花間》、《蘭畹》之餘。」〔註20〕陳繼儒〈批點牡丹亭題詞〉云：「以《花間》、《蘭畹》之餘彩，創爲《牡丹亭》，則翻空轉換極矣！」〔註21〕可見湯顯祖的戲劇創作風格「摘豔六朝」，且與花間詞風有關，時人早有此論。他自己在〈與陶景鄴〉一文中白述爲學的歷程：

　　……弱冠，始讀《文選》。輒以六朝情寄聲色爲好，……學道無成，而學爲文。學文無成，而學詩賦。學詩賦無成，而學小詞。學小詞無成，且轉而學道。猶未能忘情於所習也。〔註22〕

在他的認知裡，六朝所代表的，是一種情寄聲色的風格。儘管湯顯祖仍具備儒家性格，但幾番情與理的掙扎之後，他仍然「未能忘情於所習」，其後甚至以豔麗的詞藻和豐富的文采，創作了《牡丹亭》等名著。〔註23〕在這樣的背景下，他在評點《花間集》時，也以六朝詞藻爲詞的源頭。如評溫庭筠〈夢江南〉（千萬恨）即云：

　　風華情致，六朝人之長短句也。〔註24〕

　　圖書館藏）卷二，頁3。
〔註18〕徐朔方箋校：《湯顯祖全集》（北京：北京古籍出版社，1999年1月），頁2588。
〔註19〕同前註，頁2595。
〔註20〕同前註，頁2569。
〔註21〕同前註，頁2573。
〔註22〕同前註，頁1436。
〔註23〕相關論述可參見拙著〈湯顯祖評點《花間集》的原因及其特色〉，《東吳中文研究集刊》第10期（2003年9月），頁157～163。
〔註24〕湯顯祖評點：《花間集》（明末烏程閔氏朱墨套印本，台北：國家圖

又評孫光憲〈生查子〉（暖日策花驄）云：

六朝風華而稍參差之，即是詞也。……〔註25〕

評毛文錫〈甘州遍〉（春光好）云：

麗藻沿于六朝，然一種霸氣，已開宋元間九宮三調門
戶。〔註26〕

其他的評點詞集中也有提到「六朝」者，如徐士俊評李清照〈菩薩蠻〉
（綠雲鬢上飛金雀）：

低回宛轉，蘭香玉潤。六朝才子，恐不能擬。〔註27〕

這裡則是將六朝才子立於典範的地位，他說六朝才子「恐不能擬」，
可見他對這闋詞是多麼推崇了。而潘游龍在評隋煬帝〈望江南〉（湖
上酒），完全承接著楊慎的說法：

楊用脩云：「世指太白〈菩薩蠻〉、〈憶秦娥〉為詞祖，
又樂天〈長相思〉、太白〈清平樂〉為詞祖，不知隋煬帝已
有〈望江南〉詞。」詞非始於唐，始於六朝矣。〔註28〕

顯見詞起源於六朝，影響是何等深遠。

我們翻閱評點詞集，可以發現有數量更多的評語，儘管沒有提到
「六朝」的字眼，但是品評標準就是如前面所論的六朝風格，即「香」、
「弱」、「豔」、「婉」……等，而且非常重視雕鏤、刻劃、描摹。如陸
雲龍評秦觀〈如夢令〉（鶯嘴啄花紅溜）「鶯嘴啄花紅溜，燕尾點波綠
皺」一句眉批云：「琢語甚麗。」〔註29〕對於雕鏤艷麗的詞藻十分讚

書館藏）卷一，頁 13～14。
〔註25〕同前註，卷三，頁 30。
〔註26〕同前註，卷二，頁 24。
〔註27〕卓人月彙選、徐士俊參評：《古今詞統》（明崇禎間刊本，台北：國
家圖書館藏）卷五，頁 17。題名旁有標註「一刻牛嶠」，而據陶子珍
所撰《明代詞選研究》（私立東吳大學中國文學系博士論文，2001 年
6 月）一書中所附之詞集題名勘誤表，當為牛嶠所作。
〔註28〕潘游龍評選：《精選古今詩餘醉》（明崇禎丁丑（十年）海陽胡氏十
竹齋刊本，台北：國家圖書館藏）卷十一，頁 22～23。
〔註29〕陸雲龍編選：《詞菁》（明崇禎崢霄館刻本，上海：復旦大學圖書館
藏）卷一，頁 7。據陶子珍所撰《明代詞選研究》（同註27）一書中
所附之詞集題名勘誤表，當為無名氏作。

賞。最刻意提出「詞本淫靡」主張的茅暎，他評李清照〈一剪梅〉（紅藕香殘玉簟秋）云：「香弱脆溜，自是正宗。」〔註30〕還有沈際飛評胡浩然〈東風齊著力〉（殘臘收寒）云：「詞貴香而弱，雄放者次之。」〔註31〕像這樣的評語不勝枚舉，俯拾即是，我想，這些觀點與六朝說的風尚，關係仍是非常密切的。

　　早在宋代，就有「楊柳岸曉風殘月」和「大江東去」兩種風格的論爭。儘管宋代文人隱然有詞以婉媚為「正宗」的想法，尤其陳師道的「本色」論一提出，對於詞風的規範更是定了型，但是他們並不敢這麼明目張膽強調這些柔靡的部分，相反的，他們選擇雅化之途，從內容題材、文字藝術的提高，努力向儒家詩教靠攏，因此往往帶著禁欲的傾向。明代則相反，他們特意地標榜柔媚婉約，甚至有些淫褻的成分。六朝風格隨著文論的演變，其中的「纖靡」的部分被抽取出來，當作詞的濫觴，文人都深信這樣的發展脈絡；再加上當時「主情」思想的高舉，性情為人們所重視，這種著重主體性情流露的審美觀，正好又與六朝「跌宕意氣」相結合，文人對詞的態度便益發地走上偏好柔媚婉約之路；「六朝風格」成了作詞的典範，甚至為詞風回歸的對象。王世貞和楊慎二人主張詞起源於六朝的說法，可以說是這個現象中的引子，不論怎麼說，其影響無疑是非常深遠的。

第二節　論述焦點的承襲

　　這一節所要談的，是一個評點詞集中的特殊現象。這個特殊現象就是，文人常會將焦點集中在對詞作某些角度的品鑑上，或是某類概念的看法上，呈現出十分一致的觀點；甚至其中有許多評語連文字都相當雷同。以下大致分為兩類來談。

　　第一種，是對於同一闋詞的喜愛。我們舉幾個例子來看：

〔註30〕沈際飛評點：《古香岑草堂詩餘四集》（明末太末翁少麓刊本，台北：國家圖書館藏），《草堂詩餘正集》卷三，頁14。
〔註31〕同前註，頁9。

1. 白居易〈花非花〉

◎　楊慎《詞品》:「白樂天之詞……予獨愛其花非花一首……蓋其自度之曲,因情生文者也。花非花,霧非霧。雖〈高唐〉、〈洛神〉,奇麗不及也。」〔註32〕

◎　徐士俊:「因情生文,雖〈高唐〉、〈洛神〉,奇麗不及也。」〔註33〕

2. 周邦彥〈蝶戀花〉（月皎驚烏棲不定）

◎　王世貞《藝苑巵言》:「……然至『枕痕一線紅生玉』,又『喚起兩眸清炯炯,淚花落枕紅綿冷』,其形容睡起之妙,眞能動人。」〔註34〕

◎　茅暎:「寫睡醒語,爲美成千古絕調。」〔註35〕

◎　沈際飛:「……至若『枕痕一線紅生玉』,與『喚起兩眸清炯炯』,形容睡起之妙,良足動人。」〔註36〕

◎　徐士俊:「……然至「枕痕一線紅生玉」,又「喚起兩眸清炯炯,淚花落枕紅綿冷」,其形容睡起之妙,眞能動人。」」〔註37〕

3. 謝懋〈鵲橋仙〉（鉤簾借月）「明朝烏鵲到人間,試說向、青樓薄倖」句

◎　沈際飛:「借天上多情,破人間薄倖,題外意妙。」〔註38〕

◎　徐士俊:「借天上多情,破人間薄幸,題外意妙。」〔註39〕

◎　潘游龍:「借天上多情,破人間薄幸,意在題外。」〔註40〕

4. 張先〈天仙子〉（水調數聲持酒聽）

〔註32〕同註3,頁427。

〔註33〕同註27,卷一,頁4。

〔註34〕同註3,頁389。

〔註35〕茅暎評選:《詞的》,朱之藩定:《詞壇合璧》（明金閶世裕堂刊本,台北:中研院史語所傅斯年圖書館藏）卷三,頁12。

〔註36〕同註30,《草堂詩餘正集》卷二,頁16。

〔註37〕同註27,卷九,37~38。

〔註38〕同註30,《草堂詩餘正集》卷二,頁1。

〔註39〕同註27,卷八,頁33。

〔註40〕同註28,卷一,頁22~23。

◎　沈際飛：「『雲破月來』句，心與景會，落筆即是，著意即非，故當膾炙。」〔註41〕

◎　徐士俊：「『雲破』句，心與景會，落筆即是，著意即非，故當膾炙。」〔註42〕

◎　潘游龍：「『雲破月來』句，心與景會，落筆即是，著意便非，故當膾炙。」〔註43〕

5. 韋莊〈浣溪沙〉（夜夜相思更漏殘）

◎　湯顯祖：「『想君』、『憶來』二句，皆意中意，言外言也，水中著鹽，甘苦自知。」〔註44〕

◎　沈際飛：「『想君』、『憶來』句，水中著鹽，甘苦自知。」〔註45〕

◎　潘游龍：「『想君』、『憶來』，水中鹽味，甘苦自知。」〔註46〕

按：西清詩話云：「作詩用事要如禪家語，水中著鹽，飲水乃知鹽味，此說詩家之秘密藏也。」（胡仔《漁隱叢話》前集卷十引）這樣的觀點為湯顯祖拿來作為評語，沈際飛、潘游龍也都接續這樣的說法。

6. 張宗瑞〈桂枝香〉（梧桐雨細）「落葉西風，吹老幾番塵世」句

◎　沈際飛：「『落葉』二語，儒理禪宗。」〔註47〕

◎　徐士俊：「『落葉』二句，仙理禪宗。」〔註48〕

◎　潘游龍：「『落葉』二語，眞是仙理禪宗。」〔註49〕

7. 秦觀〈阮郎歸〉（春風吹雨繞殘枝）

◎　楊慎：「眉不掩愁，棋不消愁，愁來何處著。」〔註50〕

〔註41〕同註30，《草堂詩餘正集》卷二，頁26～27。

〔註42〕同註27，卷十，頁39。

〔註43〕同註28，卷二，頁33～34。

〔註44〕同註24，卷一，頁19。

〔註45〕同註30，《草堂詩餘別集》卷一，頁13。

〔註46〕同註28，卷十，頁33。

〔註47〕同註30，《草堂詩餘正集》卷四，頁33。

〔註48〕同註27，卷十三，頁11。

〔註49〕同註28，卷七，頁37。

〔註50〕同註17，卷一，頁17。

◎　沈際飛：「既已整頓，終不禁應劫之遲，眞寫生手。」〔註51〕

◎　徐士俊：「『諱愁』五字，不知費多少安頓。」〔註52〕

◎　潘游龍：「『諱愁無奈』句，慧極。既已整頓，終不禁應劫之遲，眞寫生手。」〔註53〕

按：這闋詞最特別的地方，就在於所有可見到的明代詞選集，均題爲秦觀所作，他們十分相信這闋詞作者即爲秦觀，而且在評點中，文人對於這闋詞的評價相當高，尤其對「諱愁無奈眉」、「翻身整頓著殘棋」等句特別有興趣，但實際上作者當爲無名氏。〔註54〕因此，明代文人隨聲附和、不求甚解的態度，也由此可見一斑。

　　第二種，是評論觀點的沿襲：

1. 宋詩不如唐詩，而唐詞不如宋詞

◎　楊愼《詞品》「仄韻絕句」：「宋人作詩與唐遠，而作詞不愧唐人，亦不可曉。」〔註55〕

◎　湯顯祖評溫庭筠〈更漏子〉（星斗稀）：「『簾外曉鶯殘月』妙矣，而『楊柳曉風殘月』更過之，宋詩遠不及唐，而詞多不讓，其故殆不可解。」〔註56〕

◎　沈際飛評柳永〈雨霖鈴〉（寒蟬淒切）：「唐詞『簾外曉鶯殘月』至矣，宋人讓唐詩，而詞多不讓。」〔註57〕

2. 李清照用歐陽修「庭院深深深幾許」句

◎　沈際飛評歐陽脩〈蝶戀花〉（庭院深深深幾許）：「易安居士序：『歐陽公作〈蝶戀花〉，有「深深深幾許」之句，予酷愛之，用其語作

〔註51〕同註30，《草堂詩餘正集》卷一，頁23。

〔註52〕同註27，卷六，頁7。

〔註53〕同註28，卷六，頁5。

〔註54〕此處乃參照陶子珍所撰《明代詞選研究》（同註27）一書中所附之詞集題名勘誤表。

〔註55〕同註3，頁432。

〔註56〕同註24，卷一，頁5。

〔註57〕同註30，《草堂詩餘正集》卷五，頁17。

「庭院深深」數闋，其聲即舊〈臨江仙〉也。』末句參之『點點飛紅』兩句，一若關情，一若不關情，而情思舉瀁漾無邊。」〔註58〕

◎　徐士俊評歐陽脩〈蝶戀花〉（庭院深深深幾許）：「易安居士云：『歐陽公作〈蝶戀花〉，有「庭院深深深幾許」之句，予酷愛之，用其語作「庭院深深」數闋，其聲即舊〈臨江仙〉也。』」〔註59〕

◎　潘游龍評歐陽脩〈蝶戀花〉（庭院深深深幾許）：「易安序：『歐陽公作〈蝶戀花〉，有「深深深幾許」之句，予酷愛之，用其語作「庭院深深」數闋，其聲即舊〈臨江仙〉也。』末句參之「點點飛紅」兩句，一若關情，一若不關情，而情思舉瀁漾無邊。」〔註60〕

3. 情不知所起，一往而深

◎　湯顯祖〈牡丹亭記題詞〉：「情不知所起，一往而深。」〔註61〕

◎　湯顯祖評韋莊〈謁金門〉（春漏促）：「情不知所起，一往而深。」〔註62〕

◎　沈際飛評韋莊〈謁金門〉（春漏促）：「情不知所起，一往而深。」〔註63〕

◎　徐士俊評史達祖〈玲瓏四犯〉（闊甚吳天）：「情不知所起，一往而深。」〔註64〕

4. 《花間》、《草堂》語致之異

◎　王世貞《藝苑卮言》：「《花間》以小語致巧，世說靡也。《草堂》以麗字取妍，六朝隃也。」〔註65〕

◎　沈際飛評韋莊〈謁金門〉（春漏促）：「子野亦云『彈到斷腸時，春

〔註58〕同前註，卷二，頁 15。
〔註59〕同註 27，卷九，頁 29～30。
〔註60〕同註 28，卷二，頁 22。
〔註61〕同註 18，頁 1153。
〔註62〕同註 24，卷一，頁 24。
〔註63〕同註 30，《草堂詩餘別集》卷一，頁 23。
〔註64〕同註 27，卷十三，頁 9～10。
〔註65〕同註 3，頁 385。

山眉黛低』。而《花間》、《草堂》語致微異，心手不知。」〔註66〕

◎　徐士俊評韋莊〈謁金門〉（春漏促）：「末二句與『彈到斷腸時，春山眉黛低』相類。而《花間》、《草堂》語致自異，心手不知。」〔註67〕

5. 黃庭堅〈南鄉子〉（諸將說封侯）「花向老人頭上笑，羞羞。白髮簪花不解愁」句與東坡、康節詩皆善處老

◎　沈際飛：「此與東坡云：『人老簪花不自羞，花應笑上老人頭。』康節云：『花見白頭人莫笑，白頭人見好花多。』自嘆自樂，善於處老。」〔註68〕

◎　徐士俊：「東坡詩：『人老簪花不自羞，花應笑上老人頭。』康節詩：『花見白頭人莫笑，白頭人見好花多。』……」〔註69〕

◎　潘游龍：「東坡云：『人老簪花不自羞，花應笑上老人頭。』康節云：『花見白頭人莫笑，白頭人見好花多。』此俱擅於處老者。……」〔註70〕

6. 周邦彥詞之景語情語

◎　王世貞《藝苑巵言》：「美成能作景語，不能作情語；能入麗字，不能入雅字。以故價微劣於柳。」〔註71〕

◎　茅暎評周邦彥〈解蹀躞〉（候館丹楓吹盡）：「誰謂美成能寫景不能寫情？」〔註72〕

◎　沈際飛評周邦彥〈蝶戀花〉（月皎驚烏棲不定）：「美成能為景語，不能為情語；能入麗字，不能入雅字，價微劣於柳。」〔註73〕

〔註66〕同註30，《草堂詩餘別集》卷一，頁23。
〔註67〕同註27，卷五，頁26。
〔註68〕同註30，《草堂詩餘別集》卷二，頁17。
〔註69〕同註27，卷八，頁28。
〔註70〕同註28，卷一，頁33。
〔註71〕同註3，頁389。
〔註72〕同註35，卷三，頁25。
〔註73〕同註30，《草堂詩餘正集》卷二，頁16。

◎　徐士俊評周邦彥〈蝶戀花〉（月皎驚烏棲不定）：「王世貞曰：『美
　　成能作景語，不能作情語；能入麗字，不能入雅字。以故價微劣
　　於柳。』」〔註74〕

　　我們從上面這些評語來看，可以看出，這些評點者常常喜歡以
同樣的評論角度論詞，所運用的論述話語也極為類似，甚至一模一
樣，承襲之跡相當明顯。然而翻閱評點詞集，我們會驚訝的發現，
類似這些例子，在評點詞集中為數相當多。這樣的情形可以做兩面
解讀——從不好的一面來解讀，我們可以說，明人「隨聲附和」、「空
疏不學」的態度，在評點詞集中展露無疑；但從另一面來說，我們
姑且不稱之為「抄襲」，從他們評點的詞作以及評語中，正可以看出
他們共同的好尚和論點。比如說，他們對於王世貞「能作景語，不
能作情語；能入麗字，不能入雅字」的評價展開討論，並且都對他
評周邦彥〈蝶戀花〉（月皎驚烏棲不定）一闋詞所形容「睡起之妙」
特別讚賞；又如李清照曾說她喜愛歐陽脩的「庭院深深深幾許」一
句，因此評點者舉出李清照的稱賞之言，來評定歐陽脩詞；以及〈阮
郎歸〉（春風吹雨繞殘枝）一闋，深閨女子獨自回味著與情郎對弈的
景況，情痴的樣貌深深地吸引了當時文人，評點者不但推崇備至，
甚至明代詞集中收錄這闋詞都認定為秦觀所作。諸如此類，顯示出
他們對詞的品評鑑賞，確實由「流行文化」的模式主導。

　　再進一步看，還有一個特點值得我們去注意，就是這些有所「承
襲」的評語，往往出自五種評點詞集：楊慎評點《草堂詩餘》、湯顯
祖評點《花間集》、沈際飛評點《草堂詩餘四集》、徐士俊和卓人月
的《古今詞統》以及潘游龍《古今詩餘醉》，這五部評點詞集隱然同
在一條承襲的軌跡上，成書較晚的《古今詞統》和《古今詩餘醉》
所沿襲的評賞標準、詞學概念，不是來自於楊慎，就是來自於湯顯
祖或沈際飛；而茅暎《詞的》和陸雲龍的《詞菁》則沒有包括在內，

〔註74〕同註27，卷九，37～38。

獨立在這五部詞集之外。爲什麼會有這樣的區隔呢？我想這並不純粹是因爲各人評點的喜好，更多的是由於商業型態的影響。

爲何會這麼說？首先我們不能忘記，「評點」儘管是文學批評的一種，但評點是帶有商業行爲的批評活動，文人選擇以評點的方式批評文本，無論是爲了傳達自己的詞學觀點，或是想要促成該詞集的流通，總之他們的評點，多半有「傳播」的目的在。而我們比較前面所述的五種評點詞集和後兩種，可以看出一條線索：《詞的》和《詞菁》的評語都是較爲零碎、簡短的，重在字斟句酌上，並且感發式的心得較多，紀事、箋註類的批語數量較少；另外五種詞集大致來說評語較長，論述較爲豐富。另外，《詞的》和《詞菁》的編纂，篩選詞作的用意十分明顯，如《詞的》選的都是纖靡的作品，《詞菁》則是從《草堂詩餘》中選取菁華。因此我們可以推論，《詞的》和《詞菁》兩部，以「選本」來達到批評目的的成分大了些，而評點的重要性相對地小了些；反觀另外五部詞集，他們在評點上下的苦心比《詞的》和《詞菁》要大，考證、論述都要來得翔實，顯然他們最重要的詞學觀點，更多是倚仗他們的評點。

更重要的是，楊愼著作繁多，儘管謫居蜀地，他在文壇的地位仍是舉足輕重；湯顯祖是極具盛名的大文豪，戲曲詩文都膾炙人口；而沈際飛則是以評點聞名的專業評點家。明代中葉以來，出版業發達，閱讀人口增加，商賈的色彩投入了文化事業中。他們在文壇的地位既高，著作又多，儼然居於「文化宗主」的地位，那麼他們的觀點，也就成爲人們學習模仿的對象。因此，他們在評點中所帶來的，正是一種「主流」的審美品味，並大大地符合了市場的需求。而他們自己在評點時，必然也是參閱了許多代表當時流行觀點的著作，如楊愼有許多創發性的詞學觀點，湯顯祖的評點中，就有許多地方深受楊愼的影響；而湯顯祖浪漫多情的文采，也影響了後來主情的沈際飛；一條承襲的脈絡也就這麼開展了。其後的《古今詞統》和《古今詩餘醉》，是屬於卷帙龐大的詞選集，在評選者本身集大成的企圖心、市場需求

的考量以及自身所承接時代審美觀點的陶染，自然也會有許多承襲前
人的成分在。

當然，文人的審美尚好，必然是來自於時代的因素。每個時代都
有某些文學觀點主導，成爲當時的風尚，甚至思潮。在各類的文學批
評中，也會顯露出這些特定的觀點。像是選本，本身就是批評的實踐
〔註75〕，「話」更是爲了批評而作，其他如序或跋，也常系統地論述
了文人的觀點。但是不論哪一種，都不會像評點一樣，展現出這麼明
顯的流行特徵。詞評點中的文人關注焦點的集中，以及評語相互「承
襲」的頻繁，正是「流行」的文化模式所帶來的影響。

第三節　對立意識的並置與融合

在評點詞集中，評點者除了給予「某字妙」、「某句佳」等直截判
斷的評價之外，他們還常常以一種強調差異、對照的論述策略，將二
元對立的兩個概念並舉，並試圖加以融合，不同於單一式的價值判
斷。這樣的論述策略展現在兩個層面：一是文人爲了求「眞」而刻意
近俗的傾向；二則是表現在「主情」思潮的高漲而對於儒、釋的掙扎
與反叛。以下即分爲這兩個方面來談。

一、雅俗的融合

雅俗之辨，向來是中國古典美學中的重要命題。不論在生活、藝
術、思想、文學上，都存在雅俗觀念的判準。而歷來的雅俗之辨，絕
大部分都表現在「崇雅抑俗」、「求雅避俗」，只有在明代，文人肯定
了俗的審美價值，而使得雅俗異勢。〔註76〕李夢陽在〈詩集自序〉中
曾記述，他聽了王叔武所說「夫詩者天地之音也。今途咢而巷謳，勞

〔註75〕選本是按照編選者的意圖和標準編選而成，因此選本本身就是批評
　　　　的實踐。鄔雲湖：《中國選本批評》（上海：上海三聯書店，2002 年
　　　　7 月）即明確闡述了這樣的觀點。
〔註76〕孫克強：《雅俗之辨》（北京：華文出版社，1997 年 2 月），第二章〈雅
　　　　俗異勢〉，頁 17～43。

呻而康吟，一唱而群和者，其眞也，斯之謂風也。……眞者音之發而情之原也……非雅俗之辯也」這段話，而深深感嘆「眞詩乃在民間」。〔註77〕心學也有求眞的傾向，如王畿，他的論學惟求其「眞」，所謂「眞性」、「天然眞規矩」，正好成爲中晚明文人主張情眞的學術奧援。中晚明文人，「從民間和市井，從生活在那裡的人物身上，發現了他們亟欲尋求的『眞』」〔註78〕，因此，明代的主情，引導著他們走向「近俗」。

文人對「俗」的判定，往往會混合著兩個層面：一種是內容之俗，一種是語詞之俗。內容之俗，是指描述個人的、瑣碎的眞實情感，而語詞之俗，指的就是口語、俚俗的創作方式。但在詩詞的創作上，有個最大的問題就在於，詩的俗，不過就是「途咢而巷謳，勞呻而康吟，一唱而群和者」，而詞的俗，則是會直接導向淫靡、鄙俚，無論在內容或用語上，一旦近俗，就很難爲儒家思想所接受了。

然而，詞是一種特別的文類。它不像民歌或小曲那樣可以明確歸類爲俗文學，而詞從晚唐以來就假手文人創作，卻又無法使詞登上大雅之堂。文人在一種微妙矛盾的心態下，對於小詞，既喜愛又不敢正視，既害怕自己對小詞的喜愛被看穿，又怕在詞中流露出過多的情感。對於這種小心提防的心情來說，柳永俗詞的出現，不啻是個很大的衝擊。正如趙曉蘭所說：「柳詞的崛起、廣泛流布引發了詞的雅俗之辯。詞的尊體、雅化，成了兩宋詞壇最重要的課題。」〔註79〕柳永的鄙俗之作，使得文人產生了絀俗崇雅的反思。在內容上，要如張炎所說，僅能「稍近乎情」〔註80〕，不能流於淫褻；而

〔註77〕李夢陽：《空同子集》卷五十，收於葉慶炳、邵紅編：《明代文學批評資料彙編》，《中國文學批評資料彙編》之七（臺北：成文出版社，民1979年9月），頁287。

〔註78〕費振鐘：《墮落時代——明代文人的集體墮落》（台北：立緒文化事業有限公司，2002年5月），〈思想的黃昏〉，頁33。

〔註79〕趙曉蘭：《宋人雅詞原論》（成都：巴蜀書社，1999年9月），頁315。

〔註80〕同註3，頁263。

在語詞的應用上，他們要求合韻，字句要雅練、含蓄。在一連串的雅化討論中，「雅詞」和「俗詞」的區分概念益發地明顯了：俗詞多寫男女歡合之態，雅詞則著重在相思之情，雅詞所表現出來的美學特質，是盡可能地將「情欲」疏離，這種審美要求，受到儒家思想的束縛之跡是十分明顯的。

　　儘管宋人在詞的雅化上做了許多努力，但我們從反面來看，不斷地倡導「雅化」、「復雅」，也代表了詞中之俗，是再怎麼努力也洗刷不去的痕跡。明代文人在「思想解放」的風氣下，與宋代的復雅背道而馳，他們刻意地強調過去文人一直想擺脫的小道成分，把詞中之情大張旗鼓地標榜起來。當然，標榜的程度並不一致，有如同茅暎認定詞「旨本淫靡」，也有如湯顯祖崇尚浪漫唯美的愛情，但不管怎麼說，詞中的「情」是明代文人之所以關注詞體的重要因素。南宋張炎所說「詞欲雅而正，志之所之，一為情所役，則失其雅正之音」〔註81〕，以及清人朱彝尊說的「言情之作，易流於穢」〔註82〕，都是在區別情與淫的界線，情與淫僅一線之隔，因此他們認為，作詞態度要嚴謹，否則就會成為俗詞了。然而，在明人的眼裡，「俗」的價值也是十分重要的。萬曆年間的王思任說：

　　　　自〈望江南〉起，而工詞家從情取捷，遂皆軟媚流利，

　　混俗和雅，以此稱妙。……〔註83〕

作詞者描摹情感，而情與淫的相隔甚近，因此「混俗和雅」，方為詞中妙處。儘管評點詞集的評點者都是文人，而文人在道德的約束下，他們並不會特意追求淫褻，但是主情思潮下，他們以「情」為指標，根本無所謂「為情所役」的問題，因此他們開始關注「俗」的價值，並且試圖從俗的概念中抽取出雅的成分，將雅與俗的概念對舉，進而

〔註81〕同註3，「雜論」，頁266。

〔註82〕《詞綜·發凡》，朱彝尊編、王昶續補：《詞綜》，楊家駱編：《增補詞學叢書》（台北：世界書局，1980年5月）第一集第十五冊，頁8。

〔註83〕徐士俊評朱灝〈桃源憶故人〉（深楊霧綰）所引「王思任季重序宗遠詞」，同註27，卷六，頁15。

消弭兩者的界線。

　　首先最能爲文人所接受的，就是詞語之俗。如湯顯祖評和凝〈天仙子〉（柳色披衫金縷鳳）：

　　　　劉改之別妾赴試，作〈天仙子〉，語俗而情眞，世多傳之，遇此不免小巫。〔註84〕

又如沈際飛評呂本中〈採桑子〉（恨君不似江樓月）：

　　　　語上無飾，似女子口授……情語不在豔而在眞，此也。
　　〔註85〕

這兩闋詞都是屬於如口語般的自然，不假雕飾而情感眞摯，這就是被稱賞的地方。沈際飛在此處更提出了一個重要的觀念：情語未必一定要以綺豔的方式呈現，重點在於表達的情感是否眞誠，他這麼說，大抵是針對時人對崇尙淫靡的風氣，而試圖引入「情眞」，然而詞語不假雕琢，自然也就容易傾向俚俗了。

　　更直接將雅和俗在評語中並列的，如茅暎評高啓〈江神子〉（芙蓉裙釵最宜秋）也說：

　　　　似諢卻雅。〔註86〕

徐士俊評秦觀〈滿園花〉（一向沉吟久）亦云：

　　　　鄙俚不經之談，偏饒雅韻。〔註87〕

如上所引評語，皆稱「既俚又雅」，將極端的兩個概念相對照，而這樣俚中求雅的論述方式，突破了以往崇雅的法則。潘游龍評辛棄疾〈尋芳草〉（有得許多淚）亦云：

　　　　此詞妙處全在俚。〔註88〕

這裡甚至將「俚」提出，當作全詞的「妙處」。陸雲龍李清照〈如夢令〉（誰伴明月獨坐）亦云：

〔註84〕同註24，卷三，頁8。

〔註85〕同註30，《草堂詩餘別集》卷一，頁17。

〔註86〕同註35，卷三，頁23。

〔註87〕同註27，卷十一，頁27。

〔註88〕同註28，卷十二，頁27～28。《全宋詞》（台北：世界書局，1984年3月）冊三，頁1907，調名題爲〈王孫信〉。

俚而韻。〔註89〕

李清照的這闋詞，是十分口語化的作品。然而從李清照的詞學觀點來看，她是傾向崇尚雅詞的，不僅要合於音律，還要詞語精練〔註90〕，但這闋詞也不能免俗，以口語入詞。這個特點為陸雲龍點出，稱其「俚而韻」。這樣的論述方式，顯見明人俗中求雅、雅中帶俗的審美觀點。

二、「情」與儒、釋的交涉

　　中晚明的主情思潮，確實是一個十分特殊的現象。主情主要表現在兩方面：一是主體的情感得以彰顯，男女之情被提高到新的位置；二則是由此開展，而衍生出的崇奢、嗜欲風氣。我們看晚明的文壇，不僅文人以「情」來衡量作品價值，包括詩、文等，而狹邪、淫穢的小說戲曲作品也特別多。這樣的情形，與「思想解放」有關，也與社會的轉型、物質生活水準的提高有很大的關係。

　　然而在此同時，我們不能忽略的是，當時文人仍是受著嚴格的儒者教育的，而晚明學佛修禪的文人也非常多，如李贄、湯顯祖、公安三袁等，都是代表人物。儒家的「存天理去人欲」，以及佛家所說「去妄證真」，照理說對於私情都有約束的作用，但是中晚明的特殊文化氛圍，陽明後學的疏放、佛門後來的「狂禪」傾向，其實都帶有反動的意味。我們可以看到，在儒家思想的陶染之下，有李贄狂放的異端路線，和湯顯祖對於「情有理無」的掙扎與反叛〔註91〕；

〔註89〕同註29，卷二，頁7。

〔註90〕李清照批評柳永詞作「雖協音律，而辭語塵下」，又批評張先等人「雖時有妙語，而破碎何足名家」，批評歐陽脩、蘇軾等人「作小歌詞，直如酌蠡水於大海，然皆句讀不葺之詩爾。又往往不諧音律者⋯⋯」，足見李清照對於詞體的藝術美感要求甚高。參見魏慶之：《魏慶之詞話》，同註3，「李易安評」，頁201。

〔註91〕湯顯祖師承羅汝芳，又與名僧達觀往來甚密，羅汝芳、達觀皆勸戒過他不可沉湎於情中，但湯顯祖仍無法掙脫，稱自己「為情使耳」。達觀〈禮石門圓明禪師文〉一文中說：「殊不知凡聖精粗，情有而理無者也；凡聖精粗所不能盡者，理有而情無者也。」他的這番論點，大抵是受到「理學」的影響，但他的重點在於渡化湯顯祖。而湯顯

而在佛教盛行之時，描摹和尚尼姑思凡、無法禁欲而墮入紅塵的極端題材也非常多。﹝註92﹞當然在另一面，也有一群衛道人士，想了許多方法來杜絕「淫風」，於是各種報應說紛紛出現，以遏阻人們讀小說淫辭。其中還有不少是針對湯顯祖的，湯顯祖的戲曲創作，尤其是《牡丹亭》，被斥為「淫書」，因此許多報應說加諸在湯顯祖身上，如入幽冥而見湯顯祖身荷鐵枷，或是入阿鼻地獄永世不得超生﹝註93﹞。諸如此類，形成一個奇異、複雜的現象：人們與儒釋雜染之深，又同時有重淫風的趨向；既涉入其中，又帶有反動的意味。他們一方面偏離正軌，一方面又在既有的束縛間擺盪、掙扎。因此他們呈現出的心態是跨越、混亂，而又自我標榜，在言論中也多了一種狂放的氣息。

我們從對詞的態度也可以看到這樣的風尚。如徐士俊評蔣捷〈洞仙歌〉（枝枝葉葉）眉批云：

> 人世風流罪過，都是此君教的，妙，妙！﹝註94﹞

他稱賞的「妙」，玩世不恭的意味十分濃厚。沈際飛評蔣捷〈沁園春〉「結算平生，風流債負」一句時也說：

> 作詞大半風流債負。﹝註95﹞

這樣的態度，可以看出在他們的眼裡，背負著「風流債」，或是學著「風流」，也不啻是件快事，言詞間頗有得意之處。但他們在得意的

祖對於「情有理無」的看法，在〈牡丹亭題詞〉中提到時，是一種反抗的心理，而在〈寄達觀〉一文中，則是顯露出他的遲疑，他的回應也可以看出儒釋觀點雜採的痕跡。有關這些觀點，學界討論甚夥，並有非常可觀的成就，此不再細論。

﹝註92﹞ 參閱鄭利華：《明代中期文學演進與城市型態》（上海：復旦大學出版社，1995 年 4 月），第二章第四節〈性愛題材及其相關問題〉，頁150～160。

﹝註93﹞ 鄭培凱：〈一時文字業，天下有心人——《牡丹亭》與《紅樓夢》在社會思想史層面的關係〉，《湯顯祖與晚明文化》（台北：允晨文化實業公司，1995 年 11 月），頁279～282。

﹝註94﹞ 同註 27，卷十一，頁 28。

﹝註95﹞ 同註 30，《草堂詩餘別集》卷四，頁 32。

同時，仍然是受到儒家思想宰制的。我們在上一章討論過，評點者往往故意稱讚某詞具有「騷雅之遺」，或是稱之為「詞中《離騷》也」，像這一類的觀點，就是他們在約束下的逆向思考。他們將原來作為約束的規範，轉而成為他們言情的依據。當然在這樣的思考理路我們可以逆推回去，他們這麼刻意反制儒家思想，也表示他們受到儒家思想宰制之深。

　　在這樣的情況下，文人也常舉出一些作為「正統」地位的言論或學者，將其本意加以扭曲，以符合自己的新論述。如陳霆在〈渚山堂詞話序〉中說：

　　　嗟呼，詞曲於道末矣。纖言麗語，大雅是病。然以東坡、六一之賢，累篇有作。晦庵朱子，世大儒也，江水浸雲，晚朝飛畫等調，曾不諱言。〔註96〕

他認為，詞曲雖然是末道，但是像蘇軾、歐陽脩等文學大家，甚至是大儒者朱熹，都不諱言作小詞，因此，填詞並非是這麼見不得人的事情。另外，南宋張炎在詞學的主張上，是嚴謹的崇雅態度。他在《詞源》所說：「簸弄風月，陶寫性情，詞婉於詩。蓋聲出鶯吭燕舌間，稍近乎情可也。」並且他對詞的審美要求為「景中帶情，而存騷雅」。〔註97〕沈際飛評歐陽脩的〈瑞鶴仙〉（臉霞紅印枕）就引了這段話並加以改編：

　　　詞以弄月嘲風為主，聲復出鶯吭燕舌之間，不近乎情不可。鄰乎鄭衛，則其景而帶情，騷而存雅……〔註98〕

字句稍有更動，但意義南轅北轍。他指出詞「不近乎情不可」，而且雖然作詞必須「景中帶情」又要「存騷雅」，但是「臨乎鄭衛」是作詞所必然，這與張炎的原意可說是天差地別了。更何況沈際飛在序言中早已言明，連孔子都認為「人之情，至男女乃極」，刪詩都不忍

〔註96〕陳霆：〈渚山堂詞話序〉，同註3，頁347。
〔註97〕同註3，頁263。
〔註98〕同註30，《草堂詩餘正集》卷五，頁6。據陶子珍所撰《明代詞選研究》（同註27）一書中所附之詞集題名勘誤表，當為陸淞所作。

刪去〈仲子〉、〈狡童〉之作〔註99〕，那麼情有什麼需要避諱的呢？這樣一來，「情」自然就更爲張揚了，與傳統的儒家思想更加地背道而馳。就連儒家性格十分強烈的湯顯祖，他儘管在評點中多次提到「騷雅之遺」的觀點，但他評顧敻〈臨江仙〉（幽閨小檻春光晚）一闋時卻說：

> 頌酒賡色，務裁艷語，毋取乎儒冠而胡服也。〔註100〕

也可以看出這種既想符合儒家詩教的要求，又在某種程度上有所叛離。

另外，「道學先生」，是對於儒者具有貶意的稱呼。我們在詞評點中也可以看到一些調和的痕跡。如徐士俊眉批朱熹〈菩薩蠻〉（暮江寒碧縈長路）、（晚紅飛盡春寒淺）兩闋詞眉批云：

> 公詞十六首，道學氣滿紙，此二詞饒有致。〔註101〕

徐士俊認爲朱熹的大部分詞作都是「道學氣滿紙」，他將難得兩闋「饒有致」的詞作挑出來評論，似乎證明了他的品味，可以從道學先生的作品中挖掘出好的作品來。另外他評辛棄疾〈霜天曉角〉（吳頭楚尾）云：

> 之乎者也，出稼軒口便有聲有色，不許村學究效顰。〔註102〕

他對於辛棄疾是非常讚賞的，但出入經史的詞作，一不小心就會染上道學氣息，因此他說「不許村學究效顰」。

至於詞對佛家思想的反叛，早在宋代就已經有這樣的衝突。最有名的，就是黃庭堅與法秀道人的對話了。法秀道人告誡黃庭堅勿「以筆墨勸淫」，黃庭堅反駁「特未見叔原之作耶」〔註103〕、詞乃「空中語耳」〔註104〕，也證明了情與淫的相隔一線。作詞描繪情語，如同以筆墨勸淫，當下犁舌地獄。明人俞彥在《爰園詞話》中針對這件事

〔註99〕 同前註，〈序草堂詩餘四集〉，頁6。
〔註100〕 同註24，卷三，頁22。
〔註101〕 同註27，卷五，頁21。
〔註102〕 同前註，卷四，頁31。
〔註103〕 同註15，頁25～26。
〔註104〕 同前註，頁40。

情作了辯駁：

> 山谷喜作小詞，後爲泥犁獄所懾，罷作，可笑也。綺
> 語小過，此下尚有無數等級罪惡，不知泥犁下那得無數等
> 級地獄，髡何據作此誑語，不自思當墮何等獄耶。〔註105〕

「綺語」與無數等級的罪惡比起來，只不過是小過而已，他指法秀道人爲「髡」，痛罵他「作此誑語」，「不自思當墮何等獄耶」，語氣可說是非常嚴厲了。上述幾點我們可以發現，作詞的矛盾，從原來的「稍近乎情可也」的嚴肅態度，以及「非筆墨勸淫」、「空中語耳」的強辯，到了明代反而有種刻意標榜的心態，認爲在詞中表現情愛，是件風流雅事，因此他們強詞奪理，從反面著眼的方式來佐證、加強自己的論點。

　　這樣的反動之下，僧侶作詞似乎就成了一個可供討論的議題。如楊愼評僧皎如晦〈卜算子〉（有意送春歸）云：

> 老禿也自傷春，故作情語。〔註106〕

沈際飛評僧仲殊〈念奴嬌〉（水楓葉下）亦云：

> 卻曉此老根塵未盡。〔註107〕

將和尙戲稱「老禿」，認爲和尙作情詞，可見他的「根塵未淨」，還會「傷春」，這樣的評語看起來是稱讚詞中的情感流露，但言語間卻是大大的不敬。另外，陸雲龍評僧仲殊〈南柯子〉（十里青山遠）：

> 箇僧殊有韻。〔註108〕

則是稱讚這闋詞「殊有韻」。潘游龍評僧祖可〈小重山〉（誰向江頭遺恨濃）亦云：

> 情豔語，偏是光頭和尚、道學先生，説得恁地清切有
> 味。〔註109〕

〔註105〕同註3，頁403。
〔註106〕同註17，卷一，頁13。
〔註107〕同註30，《草堂詩餘正集》卷四，頁29。
〔註108〕同註29，卷一，頁21。
〔註109〕同註28，卷二，頁28。

他把「光頭和尚」和「道學先生」和「情豔語」並舉，還用了「偏是」這樣的轉折語氣。像這一類的評語，都有種發掘、刻意營造的衝突感和製造驚喜的意味，也就是「沒想到和尚、道學先生也會作出這樣的情詞」這種雙重意識形態的調和。

　　在所有的評點詞集中，《古今詞統》與儒佛交涉的痕跡最爲明顯。稱詞爲「風雅之遺」，或者把《楚辭》、《詩經》拿來作爲依據的評語，在《古今詞統》中最爲多見，而刻意地提出「道學先生」的，也是《古今詞統》最多。而與佛家思想的雜揉的評語也很多。如徐士俊評辛棄疾〈浣溪紗〉（新葺茆簷次第成）就有這樣的意味：

　　禪心豔思，夾雜不清，英雄本色。〔註110〕

這種爲他所稱賞的「英雄本色」，頗有晚明文人疏狂的氣味。還有一段特別有意思的眉批，是評黃庭堅〈漁家傲〉（萬水千山來此土）、（三十年來無孔竅）兩闋：

　　仙家舍七情，無還丹；禪家舍無明，無佛性。一部《詞統》，都是〈惱公〉、〈懊儂〉之調，忽有山谷、覺範及遯周所詠古德，機緣雜于其中，正使淫房酒肆，俱化清涼；怨女狂夫，並爲佛子。讀者果能會得此意，則秋波一轉，亦是禪機。一部《詞統》，無異《五燈會元》耳。〔註111〕

這一段長篇的論述非常有意思。黃庭堅的這兩闋詞，是「戲效寶寧勇禪師詠古德遺事」，一闋講的是「初祖」，一闋是「靈雲」。尾批並有引毛晉所記載黃庭堅在法秀道人勸誡之後，「晚年亦間作小詞，往往借題棒喝，拈示後人」，也就是說，黃庭堅還是接受了法秀道人的規勸，因此他在詞中也創作了佛家故事的相關題材。因此，徐士俊在此處的眉批，是在說明，整部詞集中儘管幾乎都是如〈惱公〉、〈懊儂〉等村野俚曲，但是有佛家題材的詞一出現，可說是「機緣雜于其中」，「正使淫房酒肆，俱化清涼，怨女狂夫，並爲佛子」，而且若能有所

〔註110〕同註27，卷四，頁23。
〔註111〕同前註，卷十，頁9～10。

領悟，「則秋波一轉，亦是禪機」。這樣的說法，自然與「解到多情情
盡處，月中無樹影無波」（湯顯祖〈江中見月懷達公〉）的說法大異其
趣了。主情說與儒、釋的衝突與矛盾，在此處有了化解和跨越。

　　在這種強調雙重面向的論述中，我們可以推論，他們採取這樣
的論述策略有兩個原因：首先是他們正處於一種混亂、失序的狀態
中，試圖尋找新的秩序和價值觀。在晚明的諸多研究論述中都指出，
「世變」的氛圍下，雅俗異勢，道德淪喪的社會狀況，是確實有的。
〔註112〕當消費性文化主導一切的時候，文人也不再掌握文化權威的
絕對優勢，許多僭越體制的行為紛紛出現，文人在財富的消耗、士
人身分的模糊下，產生了焦慮感。因此，他們會嘗試架構新的秩序，
如文震亨《長物志》的出現，就是一種對雅俗的判準。〔註113〕而評
點詞集中的雅俗交融、主情與儒釋交涉雜揉的情形，我想這就是文
人還在混亂中找尋的過程，尚未如文震亨那樣的明確，可以規定出
區隔的秩序來。

　　另一個原因，就是他們有意地標新立異，以吸引讀者的注意。中
晚明文人，有種特別喜愛標新立異的心態。郭紹虞說：

　　　我總覺得明人的文學批評，有一股潑辣的霸氣。他們
　　所持的批評姿態，是盛氣凌人的，是抹煞一切的。因其如
　　此，所以只成為偏勝的主張；而因其偏勝，所以又需要劫
　　持的力量。這二者是互為因果的。因其有劫持的力量，所
　　以容易博取一般人的附和；而同時也因其得一般人的附

〔註112〕有關這些論點，學術界的討論眾多，而有關「世變」、「雅俗異勢」
　　　　的討論，可參閱中央研究院中國文哲所所舉辦的「世變中的文學世
　　　　界」系列討論會之六會議記錄，〈世變中的通俗與雅道——再思晚
　　　　明與晚清的文化與社會〉，《中國文哲研究通訊》第10卷第3期（2000
　　　　年9月），頁3～29。
〔註113〕同前註，梁其姿教授在討論會上對於雅俗異勢、秩序的錯亂而導致
　　　　文人的焦慮有所論述，頁5～10。而相關的題材在學界討論亦頗有
　　　　成就，《長物志》的文化仲裁意義可參見毛文芳：《物·性別·觀看
　　　　——明末清初文化書寫新探》（台北：臺灣學生書局，2001年12月），
　　　　〈「長物」：晚明新興的物觀〉，頁57～146。。

和，所以隨聲逐影，流弊易見，而也容易引起一般人的反抗。〔註114〕

整個明代的文論、詩論，確實有分門別派、互相討伐的氣勢，火藥味濃厚；然而在詞壇上，相對於詩文來說，詞確實是較不受重視的，因此詞批評並沒有需要討伐的對象，口氣比詩文批評要溫和了許多。儘管如此，「偏勝」的習氣在詞評點中仍是有的。為了順應當時的流行觀點，又或者進一步去引領流行，文人的導讀或價值判斷，必須以「文化權威」的口吻來論述。因此，雖然評點的評語是簡短的，口氣也常有「閒談」的意味，但他們的批評，往往是具有權威性的判斷，沒有太多的討論空間；甚至為了避免紛雜的論述，他們便以這種強調差異性的對立意識並舉後，加以融合，藉以達到標新立異、偏勝的策略，引起讀者的注意，進而獲得讀者的歡迎與接受。這也是消費性文化下才會有的特殊現象。

〔註114〕同註2。

第六章　餘論：評點詞集的文本解讀

　　本文的研究對象，是明代的評點詞集。我們細究這樣的論題，可以發現，中晚明的時代背景，正是一個獨特而紛雜的時代，而「評點」是特殊的文學批評體式；「詞」又是一個充滿矛盾，在小道與正統文學間徘徊的文體。在這三個特殊的概念相結合，體現了一種嶄新的批評旨趣，不管在文學批評史或者是詞學史，都是一個全新的批評樣貌。

　　我們都知道，明代向來被稱爲詞的「中衰期」。嚴格說來，明代的評點詞集共有十餘種，我們無法從數字的統計上說評點詞集多麼地盛況空前、如雨後春筍般、或是呈現百家爭鳴的狀態。但是以相對而言，「中衰」的概念是相對於前後的宋、清二朝；而在相對衰弱的情況下，在明人對於詞認知普遍的偏頗、文獻明顯地不足時，我們在評點詞集中，確實是看到了詞壇熱鬧的一面，中晚明文人浪漫狂放的文化性格，也體現在評點當中。

　　在討論評點詞集時，對這一文本的拆解是必要的。評點詞集這樣的文本有獨特的個性，在拆解的過程中，有些零散的、值得玩味的論點，在此提出來討論，可以再補上作爲本文立論的佐證。

第一節　小語叢談的對話模式

　　評點的話語，是零餘片斷的。孫琴安在《中國評點文學史》一書

中提到，評點文學的來源有二，一是訓詁學，二是歷史學。〔註1〕譚帆在《中國小說評點研究》一書中則認為，就傳播形式而言，文學評點是在「注釋學」和「文選學」的基礎上發展起來的。〔註2〕我想，不論是從怎樣的角度來剖析，評點確實是由多種傳統學術文化因素作為其根基的。然而我們從這些評點的「源頭」來看，我們可以發現，這些源頭多半是注解的性質，是對於經典、史傳、文學作品的解釋，因此補充說明的成分較大，在文本中居於次要的地位。評點則不然，評點以鑑賞為目的，而且評點者有意地選取評點作為立論的形式，以小語來敘述、批評，闡述自己的觀點。這在某意義來說，可以說是一種文本地位的僭越。

另外，像這樣的「小語」又並非是單向的論述。隨著注解意味的沖淡，「對話」的意味也越來越濃厚，評點者居於一種奇特的角色，他既與作品、作者展開對話，又同時與讀者對話：評點者一方面以自身的美感經驗去解讀作品，並且表達出讚賞、貶謫之意；另一方面則以輕鬆隨意的評語和圈點，依附著作品，藉以造成比詞話更佳的閒談的效果，並且還可以實例教學，將自己的創作經驗和審美觀點教導給讀者。

評點的鑑賞，並非以專著、論文的形式開展，而是以對話、閒談的方式展現，這樣輕薄短小的論述模式，沒有太多的深奧理論，適合閒賞、遊樂的閱讀逸趣。這也正是商業社會中最能滿足大眾的書寫型態。

第二節　私人與公共閱讀場域的轉換

閱讀的行為，從私人轉為公共，這個問題可以從兩個層次來談：

〔註1〕孫琴安：《中國評點文學史》（上海：上海社會科學院出版社，1999年6月），第一章〈中國評點文學的來源〉，頁1～13。

〔註2〕譚帆：《中國小說評點研究》（上海：華東師範大學出版社，2001年4月），〈導言〉，頁7。

首先，是從私人的閱讀習慣轉變爲公開的出版品。且不論「評點」來源於多麼豐富的傳統文化，光就評點的形式而言，有圈點記號，也有評語，而這些評語未必具有嚴格的學術考證意義，多半是直覺的、感發式的心得。我想，這樣的形式最原始樣貌，應當就是文人閱讀的書寫筆記。文人在閱讀時，以朱墨色筆批閱，並隨手筆記；「朱墨爛然」，自然就是從這樣的習慣而來。這樣的閱讀習慣和注解的形式結合，即成爲評點。然而批閱和注解合流，從唐代開了端〔註3〕，卻醞釀了數百年的時間，直到明代才蔚爲風潮。明代出版業的發達，加上賈儒的交融，書籍出版的種類極多，書籍有了商品化的傾向，那麼評點這種輕鬆簡易的批評形式，既可表達自己的文學意趣，又可以作爲書商宣傳書籍的手段，評點於是成爲一種傳播的手法，從閱讀的私密性，轉變爲向眾人展示的書寫行爲。

　　再更深一層來看，閱讀的私密轉而向眾人展示，也就有了詮釋的傳遞——從私人對文本的詮解，傳遞給消費群眾。

　　對文學作品的「鑑賞」，是出於對美感的要求。文學批評可以採取專論、專著的方式，或者是唐宋以來運用最爲普遍的「話」；但是明代文人興起了以「評點」來作文學批評的形式，如此貼近文本，與經注的體式相當接近。我們從這個角度來看，如果將詞作當作第一層的文本，評點者的評語是第二層，這樣一來可以發現，評點詞集的性質似乎稍微接近於解經的「層累」模式。事實上，閱讀與鑑賞，可以讓閱讀筆記仍舊是閱讀筆記，注解仍舊是注解，而論述的部分就交給專論或話。但明代的特殊文化背景，使得這些因素相遇了，而使評點開始盛行。

　　從詮釋學的角度來看，文本與讀者是存在著距離的，而「理解」就是一種創造和填補，讀者帶著傳統的偏見出發，消弭文本與讀者之間的距離，將讀者的體驗和理解，當作是對作品本意的揭示。無論是

〔註3〕孫琴安在《中國評點文學史》一書中指出，唐代是中國評點文學的形成期。同註1，頁14。

解經或是鑑賞，都是同樣的歷程。經典的詮釋，目的是爲了貼近聖人的微言大義，但實際上的操作，是將聖人的微言大義加以解釋，以符合當時的政治和社會狀況。聖人當初眞正的意旨是什麼？恐怕我們永遠不得而知。我們看評點詞集中，文人將詞作中的「情」特別抽取出來討論，或者是將香軟偎紅的意象貼近所謂的六朝風格，以及刻意地將詞解釋爲「三百微婉之旨存焉」、「騷雅之遺」，然而詞作者在創作的當初，心中眞有這樣的想法嗎？評點者以自身的理解，將詞作加以解釋，自然是爲了接近當時普遍大眾的想法。這樣的情形與經學家解經的活動相比，竟是如此雷同，但兩者的目的和掮負的責任感，自然是大相逕庭了。

第三節　詞的鑑賞與價值建立

　　小語式的對談，以及大眾化、公共化的閱讀理解，使得評點更具有「邊緣」的性格，與主流的詩文批評地位是截然不同的。再加上評點類似解經的層累模式，所詮解的又是具有矛盾地位的詞體，那麼，評點詞集的邊緣性更加強了，「小道」與「正統」的對照也更加明顯。從此處，我們似乎也可以嗅出明代文化中一種「顛覆」的味道來。

　　與宋、清二朝相比，詞的地位變得非常奇特，文人不努力尊體，使詞歸於正統文學的地位，反而更提出詞的小道特質，把淫靡、柔媚刻意地張揚，甚至到了晚明儘管把豪放詞納入，但也是從「情感」上去加以肯定，也就是說，張炎「一爲情所役，則失其雅正之音」的說法，在明代有了徹底的顛覆；在他們眼裡，情感是自由的，甚至詞作要佳妙，非得放任情感縱流不可。

　　韋勒克說：「自有歷史以來，人類即已把文學『價值化』了，無論是口傳的或印刷的，人類對它都有興趣賦與文學以積極的價值。但是，批評家和哲學家之『品評』文學或某文學作品，他們也可以作出

反面的判決。不過在任何情形之下，我們總是經由趣味的經驗而進至判斷的動作。」〔註4〕明代文人對於詞的價值判斷，就在於「情」。在主情思潮下，文人是以多情的眼光來看待詞的。他們提出的許多議題，包括從以婉約爲尊到與豪放詞的合流、六朝風格的回歸、以儒家概念爲詞作定位等等，幾乎可討論的議題，都與「主情」有關。

　　當然在此同時，他們也深刻地體認詞的邊緣性，因此他們選擇了同樣是邊緣的批評方式——評點，來作爲詞批評的主要手法。這樣一來，評點詞集是更不可能推向正統文學之列，而我也相信，他們在爲詞辯駁說「其旨遠，其諷微」、「詩餘之興起人，豈在三百篇之下乎」的時候，也眞的只是在辯駁，是一種附會風雅、刻意標榜的心態，這與馮夢龍提出「情教」時的思考理路或許是相類似的，但評點詞集中肯定情詞的價值，重點在於「情」，最終的目的並不在於止乎禮義。

　　最重要的是，這樣的觀點不單單存在於「詞作—評點者」的環節當中，還有「評點者—讀者」的部分也是相當重要的。文藝鑑賞的過程中，讀者並不是消極的接受者，而是積極的參與者。我們可以說，評點者是居於上層的讀者，他們鑑賞並且確實積極地參與，將論點立場撰寫在詞作旁。評點完成時，文人的批點也成了被鑑賞的對象，消費群眾就是位於下一層的讀者，他們也從這樣的閱讀中，參與了鑑賞的過程。吳中杰在《文藝學導論》一書中說：

　　　由於鑑賞對於創作也著無可迴避的影響，所以創作家對於接受者的欣賞情趣應該正視，而不是迴避。所謂正視，當然並非簡單的迎合，而是既要適應它，又要提高它。〔註5〕

又說：

　　　適應，就是要顧及接受者的審美趣味。……想藉文藝

〔註4〕（美）韋勒克、華倫著，王夢鷗、許國衡譯：《文學論——文學研究方法論》（台北：志文出版社，1992 年 12 月再版），第十八章〈文學價值之品評〉，頁 399。

〔註5〕吳中杰：《文藝學導論》（上海：復旦大學出版社，2002 年 10 月），頁 214。

> 來宣傳某種思想的人，當然要考慮宣傳對象的接受力、興
> 趣愛好，否則，無的放矢，對牛彈琴，亂彈一通，起不起
> 應有的作用；就是抒發內心感情的作者，也要尋求知音，
> 希望別人能理解自己，獲得感情上的交流。〔註6〕

既然評點是消費性文化下的產物，那麼評點詞集當中，評點者一方面分享創作經驗，品鑑作品高下，試圖提高讀者的品味；但另一方面他們不可能採取曲高和寡的路線，主張獨特、難以實行或是不屬於當時流行文化的論點。也就是說，在本文中所分析評點者的觀點，自然是站在有文化權威的角度，以仲裁的口吻去品鑑、立論，但這些論點，也正是符合大眾趣味的，評點者創造流行，也同時順應著流行。詞的鑑賞，也就在這樣的流行文化中完成。

〔註 6〕同前註。

附錄：本文所引評語之原詞檢索 〔註1〕

（依作者時代先後爲序）

一、隋　詞

隋煬帝

望江南

　　湖上酒，終日助清歡。檀板輕聲銀甲緩，醅浮香沫玉蛆寒。醉眼暗
相看。　　　春殿曉，仙豔奉杯盤。湖上風光眞可愛，醉鄉天地就中
寬。帝主正清安。

二、唐　詞

白居易

花非花

　　花非花，霧非霧。夜半來，天明去。來如春夢不多時，去似朝雲無
覓處。

〔註1〕作者姓名載錄有誤者，依陶子珍所撰《明代詞選研究》（私立東吳大
　　　學中國文學系博士論文，2001 年 6 月）一書中每一節後所附之詞集
　　　題名勘誤表予以更正。詞中文字、斷句難免因版本而有所異同，本
　　　附錄主要依據版本如下：唐、五代詞的部分，版本以王兆鵬、劉尊
　　　明等人所編的《全唐五代詞》（北京：中華書局，1999 年 12 月）爲
　　　主，以張璋、黃畲所編的《全唐五代詞》（台北：文史哲出版社，1986
　　　年 10 月）爲輔；宋詞部分主要參考依據爲唐圭璋所編《全宋詞》（台
　　　北：世界書局，1984 年 3 月）；明代詞的部分則參考饒宗頤、張璋所
　　　編《全明詞》（北京：中華書局，2004 年 1 月）。少數無法查檢者，
　　　則以評點詞集原書所載錄版本爲主。

長相思

汴水流。泗水流。流到瓜州古渡頭。吳山點點愁。　　思悠悠。恨悠悠。恨到歸時方始休。月明人倚樓。

溫庭筠

女冠子

含嬌含笑。宿翠殘紅窈窕。鬢如蟬。寒玉簪秋水，輕紗捲碧煙。　　雪胸鸞鏡裡，琪樹鳳樓前。寄語青蛾伴，早求仙。

菩薩蠻

蕊黃無限當山額。宿妝隱笑紗窗隔。相見牡丹時。暫來還別離。　　翠鈿金作股。鈿上蝶雙舞。心事竟誰知。月明花滿枝。

又

杏花含露團香雪。綠楊陌上多離別。燈在月朧明。覺來聞曉鶯。　　玉鈎寒翠幌。粧淺舊眉薄。春夢正關情。鏡中蟬鬢輕。

夢江南

千萬恨，恨極在天涯。山月不知心裏事，水風空落眼前花。搖曳碧雲斜。

更漏子

星斗稀，鐘鼓歇。簾外曉鶯殘月。蘭露重，柳風斜。滿庭堆落花。　　虛閣上。倚闌望。還似去年惆悵。春欲暮，思無窮。舊歡如夢中。

唐昭宗

菩薩蠻

登樓遙望秦宮殿。茫茫只見雙飛燕。渭水一條流。千山與萬丘。　　遠烟籠碧樹。陌上行人去。何處是英雄。迎儂歸故宮。

三、五代詞

（一）吳　越

錢惟演

玉樓春

城上風光鶯語亂。城下烟波春拍岸。綠楊芳草幾時休，淚眼愁腸先已斷。　　情懷漸變成衰晚。鸞鏡朱顏驚暗換。昔年多病厭芳樽，今日芳樽惟恐淺。

（二）後　晉

和　凝

天仙子

柳色披衫金縷鳳。纖手輕拈紅豆弄。翠蛾雙臉正含情。桃花洞。瑤臺夢。一片春愁誰與共。

（三）南　唐

李　璟

攤破浣溪沙

菡萏香消翠葉殘。西風愁起綠波間。還與韶光共憔悴，不堪看。細語夢回雞塞遠。小樓吹徹玉笙寒。多少淚珠無限恨，倚闌干。

李　煜

虞美人

春花秋月何時了。往事知多少。小樓昨夜又東風。故國不堪回首月明中。　　雕闌玉砌應猶在。只是朱顏改。問君都有幾多愁。恰似一江春水向東流。

蝶戀花

遙夜亭皋閒信步。才過清明，漸覺傷春暮。數點雨聲風約住。朦朧淡月雲來去。　　桃李依依春暗度。誰在秋千，笑裡輕輕語。一片芳心千萬緒。人間沒個安排處。

浪淘沙

簾外雨潺潺。春意闌珊。羅衾不煖五更寒。夢裡不知身是客，一餉貪歡。　　獨自莫憑闌。無限江山。別時容易見時難。流水落花歸去也，天上人間。

醜奴兒令（採桑子）

轆轤金井梧桐晚，幾樹驚秋。晝雨新愁。百尺鰕鬚在玉鈎。　　瓊窗春斷雙蛾皺，回首邊頭。欲寄鱗遊。九曲寒波不泝流。

盧　絳

菩薩蠻

玉京人去秋蕭索。畫檐鵲起梧桐落。欹枕悄無言。月和殘淚圓。背燈惟暗泣。甚處砧聲急。眉黛小山攢。芭蕉生暮寒。

（四）前 蜀

韋 莊

菩薩蠻

洛陽城裡春光好。洛陽才子他鄉老。柳暗魏王堤。此時心轉迷。
桃花春水淥。水上鴛鴦浴。凝恨對殘暉。憶君君不知。

浣溪沙

夜夜相思更漏殘。傷心明月憑闌干。想君思我錦衾寒。　　咫尺畫
堂深似海，憶來唯把舊書看。幾時攜手入長安。

女冠子

四月十七。正是去年今日。別君時。忍淚佯低面。含羞半斂眉。　　不
知魂已斷，空有夢相隨。除卻天邊月。沒人知。

謁金門

春漏促。金爐挑殘燭。一夜簾前風撼竹，夢魂相斷續。　　有箇嬌
嬈如玉。夜夜繡屏孤宿。閒抱琵琶尋舊曲。遠山眉黛綠。

牛 嶠

菩薩蠻

綠雲鬢上飛金雀。愁眉翠斂春烟薄。香閣掩芙蓉。畫屏山幾重。
窗寒天欲曙。猶結同心苣。啼粉污羅衣。問郎歸幾時。

毛文錫

甘州遍

春光好，公子愛閒遊。足風流。金鞍白馬，雕弓寶劍，紅纓錦襜出
長韉。　　花蔽膝，玉銜頭。尋芳逐勝歡宴，絲竹不曾休。美人唱，
揭調是甘州。醉紅樓。堯年舜日，樂聖永無憂。

李 珣

河 傳

去去。何處。迢迢巴楚。山水相連。朝雲暮雨。依舊十二峰前。猿
聲到客船。　　愁腸豈異丁香結。因離別。故國音書絕。想佳人花
下。對明月春風。恨應同。

又

春暮。微雨。送君南浦。愁斂雙蛾。落花深處。啼鳥似逐離歌。粉
檀珠淚和。　　臨流更把同心結。情哽咽。後會何時節。不堪回首。

相望巳隔汀洲。櫓聲幽。

浣溪沙

訪舊傷離欲斷魂。無因重見玉樓人。六街微雨鏤香塵。　　早爲不逢巫峽夢，那堪盧度錦江春。遇花傾酒莫辭頻。

（五）後　蜀

顧　夐

虞美人

翠屏閒掩垂珠箔。絲雨籠池閣。露粘紅藕咽清香，謝娘嬌極不成狂、罷朝妝。　　小金鸂鶒沉烟細。膩枕堆雲髻。淺眉微斂注檀輕。舊歡時有夢魂驚、悔多情。

訴衷情

永夜拋人何處去，絕來音。香閣掩。眉斂。月將沉。爭忍不讓尋。怨孤衾。換我心。爲你心。始知相憶深。

荷葉杯

記得那時相見。膽顫。鬌亂四肢柔。泥人無語不擡頭。羞摩羞。羞摩羞。

浣溪沙

春色迷人恨正賒。可堪蕩子不還家。細風輕露著梨花。　　簾外有情雙燕颺，檻前無力綠楊斜。小屏狂夢極天涯。

又

紅藕香寒翠渚平。月籠虛閣夜蛩清。塞鴻驚夢兩牽情。　　寶帳玉爐殘麝冷，羅衣金縷暗塵生。小窗孤獨淚縱橫。

又

荷芰風輕簾木香。繡衣鸂鶒泳迴塘。小屏閒掩舊瀟湘。　　恨入空帷鸞影獨，淚凝雙臉渚蓮光。薄情年少悔思量。

又

惆悵經年別謝娘。月窗花院好風光。此時相望最情傷。　　青鳥不來傳錦字，瑤姬何處瑣蘭房。忍教魂夢兩茫茫。

又

庭菊飄黃玉露濃。冷莎偎砌隱鳴蛩。何期良夜得相逢。　　背帳風搖紅蠟滴，惹相暖夢繡衾重。覺來枕上怯晨鐘。

又

　　雲澹風高葉亂飛。小庭寒雨綠窗微。深閨人靜掩屏幃。　　粉黛暗
愁金帶枕，鴛鴦空繞畫羅衣。那堪辜負不思歸。

又

　　雁響瑤天玉漏清。小紗窗外月朧明。翠幃金鴨炷香平。　　何處不
歸音信斷，良宵空使夢魂驚。簟涼枕冷不勝情。

又

　　露白蟾明又到秋。佳期幽會兩悠悠。夢牽情役幾時休。　　記得記
人微欲黛，無言斜倚小書樓。暗思前事不勝愁。

臨江仙

　　幽閨小檻春光晚，柳濃花澹鶯稀。舊歡思想尚依依。翠顰紅斂，終
日損芳菲。　　何事狂夫音信斷，不如梁燕猶歸。畫堂深處麝煙微。
屏虛枕冷，風細雨霏霏。

閻　選

河　傳

　　秋雨。秋雨。無畫無夜，滴滴霏霏。暗燈涼簟怨分離。妖姬。不勝
悲。　　西風稍急喧窗竹。停又續。膩臉懸雙玉。幾回邀約雁來時。
違期。雁歸人不歸。

八拍蠻

　　雲鎖嫩黃煙柳細，風吹紅帶雪梅殘。光景不勝閨閣恨，行行坐坐黛
眉攢。

又

　　愁鎖黛眉煙易慘，淚飄紅臉粉難勻。憔悴不知緣底事，遇人推道不
宜春。

歐陽炯

賀明朝

　　憶昔花間相見後。只憑纖手。暗拋紅豆。人前不解，巧傳心事，別
來依舊。辜負春晝。　　碧羅衣上蹙金繡。覷對對鴛鴦，空裏淚痕
透。想韶顏非久。終是爲伊，只恁偷瘦。

鳳樓春

　　鳳髻綠雲叢。深掩房櫳。錦書通。夢中相見覺來慵。勻面淚臉珠融。

因想玉郎何處去，對淑景誰同。　　小樓中。春思無窮。倚闌顒望，暗牽愁緒，柳花飛起東風。斜日照簾，羅幌香冷粉屏空。海堂零落，鶯語殘紅。

南鄉子

嫩草如煙。石榴花發海南天。日暮江亭春影淥。鴛鴦浴。水遠山長看不足。

浣溪沙

落絮殘紅半日天。玉柔花醉只思眠。惹窗映竹滿爐煙。　　獨掩畫屏愁不語，斜敧瑤枕髻鬟偏。此時心在阿誰邊。

又

天碧羅衣拂地垂。美人初著更相宜。宛風如舞透香肌。　　獨坐含顰吹鳳竹，園中緩步折花枝。有情無力泥人時。

又

相見休言有淚珠。酒闌重得敘歡娛。鳳屏鴛枕宿金鋪。　　蘭麝細香聞喘息，綺羅纖縷見肌膚。此時還恨薄情無。

孫光憲

清平樂

等閒無語。春恨如何去。終是疎狂留不住。花暗柳濃何處。　　盡日目斷魂飛。晚窗斜界殘暉。長恨朱門薄暮。繡鞍驄馬空歸。

生查子

暖日策花驄，嚲鞚垂楊陌。芳草惹烟青，落絮隨風白。　　誰家繡轂動香塵，隱映神仙客。狂殺玉鞭郎，咫尺音容隔。

更漏子

今夜期，來日別。相對祇堪愁絕。偎粉面，撚瑤簪。無言淚滿襟。　　銀箭落。霜華薄。墻外曉雞咿喔。聽付囑，惡情悰。腸斷西復東。

四、宋　詞

范仲淹

蘇幕遮

碧雲天，黃葉地。秋色連波，波上寒烟翠。山映斜陽天接水。芳草無情，更在斜陽外。　　黯鄉魂，追旅思。夜夜除非，好夢留人睡。明月樓高休獨倚。酒入愁腸，化作相思淚。

御街行

紛紛墜葉飄香砌。夜寂靜、寒聲碎。眞珠簾捲玉樓空，天淡銀河垂地。年年今夜，月華如練，長是人千里。　　愁腸已斷無由醉。酒未到、先成淚。殘燈明滅枕頭敧，諳盡孤眠滋味。都來此事，眉間心上，無計相迴避。

柳　永

晝夜樂

洞房記得初相遇。便只合、長相聚。何期小會幽歡，變作離情別緒。況值闌珊春色暮。對滿目、亂花狂絮。直恐好風光，盡隨伊歸去。一場寂寞憑誰訴。算前言、總輕負。早知恁地難拚，悔不當初留住。其奈風流端正外，更別有、繫人心處。一日不思量，也攢眉千度。

雨霖鈴

寒蟬淒切。對長亭晚，驟雨初歇。都門暢飲無緒，方留戀處，蘭舟催發。執手相看淚眼，竟無語凝咽。念去去、千里煙波，暮靄沉沉楚天闊。　　多情自古傷離別。更那堪、冷落清秋節。今宵酒醒何處，楊柳岸、曉風殘月。此去經年，應是良辰好景虛設。便縱有、千種風情，更與何人說。

張　先

減字木蘭花

垂螺近額。走上衵初趁拍。只恐輕飛。擬倩游絲惹住伊。　　文鴛繡履。去似風流塵不起。舞徹梁州。頭上宮花顫未休。

天仙子

水調數聲持酒聽。午醉醒來愁未醒。送春春去幾時回，臨晚鏡。傷流景。往事後期空記醒省。　　沙上並禽池上瞑。雲破月來花弄影。重重簾幕密遮燈，風不定。人初靜。明日落花應滿徑。

晏　殊

踏莎行

小徑紅稀，芳郊綠遍。高堂樹色陰陰見。東風不解禁楊花，濛濛亂撲行人面。　　翠葉藏鶯，朱簾隔燕。鑪香靜逐游絲轉。一場愁夢酒醒時，斜陽卻照深深院。

歐陽脩

桃源憶故人

碧紗影弄東風曉。一夜海棠開了。枝上數聲啼鳥。粧點知多少。
妒雲恨雨腰枝裊。眉黛不堪重掃。薄倖不來春老。羞帶宜男草。

蝶戀花

庭院深深深幾許。楊柳堆烟、簾幕無重數。玉勒雕鞍遊冶處。樓高
不見章臺路。　　雨橫風狂三月暮。門掩黃昏、無計留春住。淚眼
問花花不語。亂紅飛過鞦韆去。

玉樓春（一名「木蘭花令」）

西亭飲散清歌闋。花外遲遲宮漏發。塗金燭引紫騮嘶，柳曲西頭歸
路別。　　佳人只共幽期闊。密贈殷勤衣上結。翠屏魂夢莫相尋，
禁斷六街清夜月。

又

檀槽響碎金絲撥。露濕尋陽江上月。不知商婦爲誰愁，一曲行人留
夜發。　　畫堂花月新聲別。紅蕊調長彈未徹。暗將深意祝膠絃，
唯願絃絃無斷絕。

晏幾道

虞美人

疏梅月下歌金縷。憶共文君語。更誰情淺似春風，一夜滿枝新綠、
替殘紅。　　蘋香已有蓮開信。兩槳佳期近。採蓮時節定來無。醉
後滿身花影、倩人扶。

鷓鴣天

綵袖慇勤捧玉鍾。當年拚卻醉顏紅。舞低楊柳樓心月，歌盡桃花扇
底風。　　從別後，憶相逢。幾回魂夢與君同。今宵勝把銀釭照，
猶恐相逢是夢中。

蘇　軾

念奴嬌

大江東去，浪淘盡、千古風流人物。故壘西邊，人道是、三國周郎
赤壁。亂石穿空，驚濤拍岸，捲起千堆雪。江山如畫，一時多少豪
傑。　　遙想公瑾當年，小喬初嫁了，雄姿英發。羽扇綸巾，談笑
間、檣櫓灰飛煙滅。故國神遊，多情應笑我，早生華髮。人生如夢，
一尊還酹江月。

黃庭堅

南鄉子

諸將說封侯。短笛長歌獨倚樓。萬事盡隨風雨去，休休。戲馬臺南金絡頭。　催酒莫遲留。酒味今秋似去秋。花向老人頭上笑，羞羞。白髮簪花不解愁。

漁家傲　初祖

萬水千山來此土。本提心印傳梁武。對朕者誰渾不顧。成死語。江頭暗折長蘆渡。　面壁九年看二祖。一花五葉親分付。只履提歸蔥嶺去。君知否。分明忘卻來時路。

又　靈雲

三十年來無孔竅。幾回得眼還迷照。一見桃花參學了。呈法要。無弦琴上單于調。　摘葉尋枝虛半老。拈花特地重年少。今後水雲人欲曉。非玄妙。靈雲合破桃花笑。

秦　觀

浣溪紗

錦帳重重捲暮霞。屏風曲曲鬥紅牙。恨人何事苦離家。　枕上夢魂飛不去，覺來紅日又西斜。滿庭芳草襯殘花。

又

漠漠輕寒上小樓。小陰無賴似窮秋。淡煙流水畫屏幽。　自在飛花輕似夢，無邊絲雨細如愁。寶簾閒挂小銀鉤。

水龍吟

小樓連苑橫空，下窺繡轂雕鞍驟。疏簾半捲，單衣初試，清明時候。破暖輕風，弄晴微雨，欲無還有。賣花聲過盡，斜陽院落，紅成陣、飛鴛甃。　玉佩丁東別後。悵佳期、參差難又。名韁利鎖，天還知道，和天也瘦。花下重門，柳邊深巷，不堪回首。念多情但有，當時皓月，向人依舊。

鵲橋仙

纖雲弄巧，飛星傳恨，銀漢迢迢暗度。金風玉露一相逢，便勝卻、人間無數。　柔情似水，佳期如夢，忍顧鵲橋歸路。兩情若是久長時，又豈在、朝朝暮暮。

臨江仙

髻子偎人嬌不整，眼兒失睡微重。尋思模樣早心忪。斷腸攜手，何事太匆匆。不忍殘紅猶在臂，翻疑夢裡相逢。遙憐南埭上孤篷。夕陽流水，紅滿淚痕中。

滿庭芳

山抹微雲，天粘衰草，畫角聲斷譙門。暫停征棹，聊共飲離樽。多少蓬萊舊事，空回首、烟靄紛紛。斜陽外，寒鴉數點，流水繞孤村。銷魂。當此際，香囊暗解，羅帶輕分。謾贏得、青樓薄倖名存。此去何時見也，襟袖上、空惹啼痕。傷情處，高城望斷，燈火已黃昏。

浣溪沙

漠漠輕寒上小樓。曉陰無賴似窮秋。淡烟流水畫屏幽。　　自在飛花輕似夢，無邊絲雨細如愁。寶簾閒掛小銀鈎。

滿園花

一向沉吟久。淚珠盈襟袖。我當初不合、苦摶就。慣縱得軟頑。見底心先有。行待痴心守。甚捻著脈子，倒把人來僝僽。　　近日來、非常羅皂醜。佛也須眉皺。怎掩得眾人口。待收了孛羅，罷了從來斗。從今後。休共道我，夢見也不能勾。〔註2〕

僧仲殊

南柯子

十里青山遠，潮平路帶沙。數聲啼鳥怨年華。又是淒涼時候、在天涯。　　白露收殘暑，清風襯晚霞。綠楊堤畔鬧荷花。記得年時沽酒、那人家。

念奴嬌

水楓葉下，乍湖光清淺。涼生商素。西帝宸遊羅翠蓋，擁出三千宮女。絳綵嬌春，鉛華掩畫，占斷鴛鴦浦。歌聲搖曳，浣紗人在何處。別岸孤褭一枝，廣寒宮殿，冷落棲愁苦。雪豔冰肌羞澹泊，偷把胭脂勻住。媚臉籠霞，芳心泣露，不肯爲雲雨。金波影裡，爲誰長恁

〔註2〕朱德才編：《增訂注釋全宋詞》（北京：文化藝術出版社，1997年12月）所錄秦觀〈滿園花〉與《古今詞統》所收錄字句皆同，然而《全宋詞》（台北：世界書局，1984年3月）錄此詞爲：「一向沉吟久。淚珠盈襟袖。羅帷淚濕鴛鴦錦。獨臥玉肌涼。殘更與恨長。　　陰風翻翠幔。雨澀燈花暗。畢竟不成眠。鴉啼金井寒。」（冊一，頁459）出入甚大。

凝竚。

周邦彥

少年遊

并刀如水，吳鹽勝雪，纖手破新橙。錦幄初溫，獸煙不斷，相對坐調笙。　　低聲問向誰行宿，城上已三更。馬滑霜濃，不如休去，直是少人行。

浣溪沙

樓上晴天碧四垂。樓前芳草皆天涯。勸君莫上最高梯。　　新筍已成堂下竹，落花都上燕巢泥。忍聽林表杜鵑啼。

塞垣春

暮色分平野。傍葦岸、征帆卸。烟村極浦，樹藏孤館，秋景如畫。漸別離氣味難禁也。更物象、供瀟灑。念多才渾衰減，一懷幽恨難寫。　　追念綺窗人，天然自、風韻嫻雅。竟夕起相思，謾嗟怨遙夜。又還將、兩袖珠淚，沉吟向寂寞燈下。玉骨爲多感，瘦來無一把。

蝶戀花

月皎驚烏棲不定。更漏將闌，轆轤牽金井。喚起兩眸清炯炯。淚花落枕紅綿冷。　　執手霜風吹鬢影。去意徊徨，別語愁難聽。樓上闌干橫斗柄。露寒人遠雞相應。

解蹀躞

候館丹楓吹盡，面旋隨風舞。夜寒霜月，飛來伴孤旅。還是獨擁秋衾，夢餘酒困都醒，滿懷離苦。　　甚情緒。深念凌波微步。幽房暗相遇。淚珠都作，秋宵枕前雨。此恨音驛難通，待憑征雁歸時，帶將愁去。

阮　閱

眼兒媚

樓上黃昏杏花寒。斜月小欄杆。一雙燕子，兩行征雁，畫角聲殘。綺窗人在東風裡，灑淚對春閒。也應似舊，盈盈秋水，淡淡春山。

謝　逸

玉樓春

弄晴點點梨梢雨。門外畫橋寒食路。杜鵑飛破草間烟，蛺蝶惹殘花

底霧。　　東君著意憐樊素。一段韶華都付與。粧成不管露桃嗔，
舞罷從教風柳妒。

如夢令

花落鶯啼春暮。陌上綠楊飛絮。金鴨晚香寒，人在洞房深處。無語。
無語。葉上數聲疎雨。

僧祖可

小重山

誰向江頭遺恨濃。碧波流不斷，楚山重。柳煙和雨隔疏鐘。黃昏後，
羅幕更朦朧。　　桃李小園空。阿誰猶笑語，拾殘紅。珠簾卷盡落
花風。人不見，春在綠蕪中。

汪　藻

小重山

月下潮生紅蓼汀。淺霞都斂盡，四山青。柳梢風急墮流螢。隨波去，
點點亂寒星。　　別語寄叮嚀。如今能間隔，幾長亭。夜來秋氣入
銀屏。梧桐雨，還恨不同聽。

點絳脣

高柳蟬嘶，採菱歌斷秋風起。晚雲如髻。湖上山橫翠。　　簾捲西
樓，過雨涼生袂。天如水。畫樓十二，有箇人同倚。

李清照

聲聲慢

尋尋覓覓，冷冷清清，悽悽慘慘戚戚。乍暖還寒時候，最難將息。
三盃兩盞淡酒，怎敵他、晚來風急。雁過也，正傷心，卻是舊時相
識。　　滿地黃花堆積。憔悴損，如今有誰堪摘。守著窗兒，獨自
怎生得黑。梧桐更兼細語，到黃昏、點點滴滴。這次第，怎一箇、
愁字了得。

武陵春

風住塵香花已盡，日晚倦梳頭。物是人非事事休。欲語淚先流。
聞說雙溪春尚好，也擬泛扁舟。只恐雙溪蚱蜢舟。載不動、許多愁。

浣溪紗

小院閒窗春色深。重簾未捲影沉沉。倚樓無語理瑤琴。　　遠岫出
雲催薄暮，細風吹雨弄輕陰。梨花欲謝恐難禁。

念奴嬌

蕭條庭院，有斜風細雨，重門須閉。寵柳嬌花寒食近，種種惱人天氣。險韻詩成，扶頭酒醒，別是閑滋味。征鴻過盡，萬千心事難寄。樓上幾日春寒，簾垂四面，玉闌干慵倚。被冷香消新夢覺，不許愁人不起。清露晨流，新桐初引，多少游春意。日高烟斂，更看今日晴未。

一剪梅

紅藕香殘玉簟秋。輕解羅裳，獨上蘭舟。雲中誰寄錦書來，雁字回時，月滿西樓。　　花自飄零水自流。一種相思，兩處閑愁。此情無計可消除，才下眉頭，卻上心頭。

如夢令

誰伴明月獨坐。和我影兒兩箇。燈盡欲眠時，影也把人拋嚲。無那。無那。好箇悽惶的我。

呂本中

醜奴兒令（採桑子）

恨君不似江樓月，南北東西。南北東西。只有相隨無別離。　　恨君卻似江樓月，暫滿還虧。暫滿還虧。待得團員是幾時。

向子諲

浣溪沙

進步須于百尺竿。二邊休立莫中安。要知玄露沒多般。　　花影鏡中拈不起，蟾光空裏撮應難。道人無事更參看。

僧皎如晦

卜算子

有意送春歸，無計留春住。畢竟年年用著來，何似休歸去。　　目斷楚天遙，不見春歸路。風急桃花也似愁，點點飛紅雨。

張元幹

滿江紅

春水連天，桃花浪、幾翻風惡。雲乍起、遠山遮盡，晚風還作。綠遍芳洲生杜若。楚帆帶雨煙中落。任向來、沙嘴共停橈，傷飄泊。　　寒猶在，衾偏薄。腸欲斷，愁難著。倚篷窗無寐，引杯孤酌。寒食清明都過卻。可憐辜負年時約。想小樓、終日望歸舟，人如削。

陸 淞

瑞鶴仙

　　臉霞紅印枕。睡覺來、冠兒還是不整。屏間麝煤冷。但眉山壓翠，淚珠彈粉。堂深晝永。燕交飛、風簾露井。恨無人，與說相思，近日帶圍寬盡。　　重省。殘燈朱幌，淡月紗窗，那時風景。陽台路迴。雲雨夢，便無準。待歸來，先指花梢教看，卻把心期細問。問因循、過了青春，怎生意穩。

謝 懋

鵲橋仙

　　鉤簾借月，染雲爲幌，花面玉枝交映。涼生河漢一天秋，問此會、今宵孰勝。　　銅壺尚滴，燭龍已駕，淚涴西風不盡。明朝烏鵲到人間，試說向、青樓薄倖。

朱 熹

菩薩蠻

　　暮江寒碧縈長路。路長縈碧寒江暮。花塢夕陽斜。斜陽夕塢花。客愁無勝集。集勝無愁客。醒似醉多情。情多醉似醒。

又

　　晚紅飛盡春寒淺。淺寒春盡飛紅晚。尊酒綠陰繁。繁陰綠酒尊。老仙詩句好。好句詩仙老。長恨送年芳。芳年送恨長。

辛棄疾

摸魚兒

　　更能消、幾番風雨。匆匆春又歸去。惜春長怕花開早，何況落紅無數。春且住。見說道、天涯芳草無歸路。怨春不語。算只有慇懃，畫簷蛛網，盡日惹飛絮。　　長門事，準擬佳期又誤。蛾眉曾有人妒。千金縱買相如賦，脈脈此情難訴。君莫舞。君不見、玉環飛燕皆塵土。閒愁正苦。休去倚危樓，斜陽正在，烟柳斷腸處。

醉翁操

　　長松。之風。如公。肯予從。山中。人心與吾兮誰同。湛湛千里之江。上有楓。噫送子于東。望君之門兮九重。　　女無悅己，誰適爲容。不龜手藥，或一朝兮取封。昔與游兮皆童。我獨窮兮今翁。一魚兮一龍。勞心兮忡忡。噫命與時逢。子之所食兮萬鍾。

尋芳草

有得許多淚。又閒卻、許多鴛被。枕頭兒、放處都不是。舊家時、怎生睡。　更也沒書來，那堪被、雁兒調戲。道無書、卻有書中意。排幾箇、人人字。

霜天曉角

吳頭楚尾。一棹人千里。休說舊愁新恨，長亭樹、今如此。　宦遊吾倦矣。玉人留我醉。明日落花寒食，得且住、爲佳耳。

浣溪紗

新茸茆簷次第成。青山恰對小窗橫。去年曾共燕經營。　病怯杯盤甘止酒，老依香火苦翻經。夜來依舊管絃聲。

史達祖

雙雙燕

過春社了，度簾幕中間，去年塵冷。差池欲住，試入舊巢相並。還相雕梁藻井。又軟語、商量不定。飄然快拂花梢，翠尾分開紅影。芳徑。芹泥雨潤。愛貼地爭飛，競誇輕俊。紅樓歸晚，看足柳昏花暝。應自棲香正穩。便忘了、天涯芳信。愁損翠黛雙蛾，日日畫闌獨凭。

玲瓏四犯

闊甚吳天，頓放得、江南離緒多少。一雨爲秋，涼氣小窗先到。輕夢聽徹風蒲，又散入、楚空清曉。問世間、愁在何處，不離淡烟衰草。　簟紋獨浸芙蓉影，想淒淒、欠郎偎抱。即今臥得雲衣冷，山月仍相照。方悔翠袖，易分難聚，有玉香花笑。待雁來、先寄新詞歸去，且教知道。

岳　珂

祝英台近

澹烟橫，層霧斂。勝概分雄占。月下鳴榔，風急怒濤轉。關河無限清愁，不堪臨鑑。正霜鬢、秋風塵染。　漫登覽。極目萬里沙場，事業頻看劍。古往今來，南北恨天塹。倚樓休弄新聲，重城門掩。歷歷數、西州更點。

黃　昇

賀新郎

自掃梅花下。問梢頭、冷蕊疏疏，幾時開也。間者闊焉今久矣，多少幽懷欲寫。有誰是、孤山流亞。香月一聯真絕唱，與詩人、千載為嘉話。餘興味，附來者。　　清癯不戀雕闌榭。待與君、白髮相親，竹籬茅舍。喜甚今年無酒禁，溜溜小槽壓蔗。已準擬、雪天霜夜。自醉自吟人自笑，任解冠、落珮從嘲罵。書此意，寄同社。

蔣　捷

女冠子

蕙花香也。雪晴池館如畫。春風飛到，寶釵樓上，一片笙簫，琉璃光射。而今燈挂，不是暗塵明月，那時元夜。況年來，心懶意怯，羞與蛾兒爭耍。　　江城人悄初更打。問繁華誰解，再向天公借。剔殘紅炧。但夢裡隱隱，鈿車羅帕。吳牋銀粉砑。待把舊家風景，寫成閒話。笑綠鬟鄰女，倚窗猶唱，夕陽西下。

霜天曉角

人影窗紗。是誰來折花。折則從他折去，知折去、向誰家。　　簷牙。枝最佳。折時高折些。說與折花人道，須插向、鬢邊斜。

洞仙歌

枝枝葉葉，受東風調弄。便是鶯穿也微動。自鵝黃千縷，數到飛綿，閒無事，誰管將春迎送。　　輕柔心性在，教得游人，酒舞花吟恣狂縱。更誰家鸞鏡裡，貪學纖蛾，移來傍、粧樓新種。總不道、江頭鎖清愁，正雨渺烟茫，翠陰如夢。

沁園春

結算平生，風流債負，請一筆勾。蓋攻性之兵，花圍錦陣，毒身之酖，笑齒歌喉。豈識吾儒，道中樂地，絕勝珠簾十里樓。迷因底，歎晴乾不去，待雨淋頭。　　休休。著甚來由。硬鐵漢從來氣食牛。但只有千篇，好詩好曲，都無半點，閒悶閒愁。自古嬌波，溺人多矣，試問還能溺我否。攧眼看牽絲傀儡，誰弄誰收。

胡浩然

東風齊著力

殘臘收寒，三陽初轉，已換年華。東君律管，迤邐到山家。處處笙簧鼎沸，會佳宴、坐列仙娃。花叢裡，金爐滿爇，龍麝煙斜。　　此景轉堪誇。深意祝、壽山福海增加。玉甌滿泛，且莫厭流霞。幸有迎春壽酒，銀瓶浸、幾朵梅花。休辭醉，園林秀色，百草萌芽。

五、明　詞

僧竺月華（明初人，生卒年不詳）

望江南

　　江南月，如鏡亦如鉤。不臨紅粉面曲鉤，不上畫簾頭，空自照東流。

劉　基

卜算子

　　春去蝶先知，花落蜂難綴。草綠庭空不見人，愁共天無際。　　鑿沼種荷看，水淺荷錢細。惟有青苔最可憐，欲上人衣袂。

楊　基

青玉案

　　平湖過雨清如鑑，柳下賣花船繫纜。雌蝶雄蜂飛繞擔，杏花終是，輕紅嫩白，不比梨花淡。　　一春能幾花前探，天氣無憑故相賺。情不多時陰亦暫。一回風雨，一回烟霧，何處堪登覽。

高　啟

江神子

　　芙蓉裙釵最宜秋。柳邊頭。自撐舟。一道眼波，斜共晚波流。驀地逢人回首笑，不識恨，卻知羞。　　夕陽猶在水西樓。漫歸休。欲相留。教唱灣灣，月子照湖州。不怕鴛鴦驚起了，怕江上，有人愁。

高　岱

竹枝

　　孤帆何日下楊州。一望江南一淚流。但望郎心似明月。天邊夜夜照儂愁。

楊　慎

折桂令

　　枕高岡、坐占鷗沙。看曉渡帆檣，晚市魚蝦。紅葉園林，黃花籬落，白水蒹葭。　　望東寺、雙浮佛塔。指高嶢、一片人家。穩趁歸槎。低岸烏紗。滿酌春醪，閒話桑麻。

王世貞

怨王孫

　　愁似中酒。難禁廝守。纖雨黏雲，困花酣柳。猛見雙雀金翹。暗魂

消。　　那人偏自沾情緒。拋不去。只傍眉峰住。倩他夢裡相會，
無那嬌鶯。兩三聲。

滿庭芳

尖側東風，迷離烟雨，只解排比黃昏。一燈清映，炯炯淚珠痕。熏
盡銅爐香炧，相思被、熨帖難溫。那堪更，穿花玉漏，點點出長門。
無端千萬種，新愁舊事，來往紛紛。總成就、天涯一病身。揑得鄰
雞報也，權撒下、幾件消魂。還禁架，楊花燕子，遲日悄庭闈。

沈際飛

風流子

對洛陽春色，排天錦、爭似曉粧標。看微注檀痕，巧藏心事，淺簪
花朵，徐放蕭騷。鏡匳掩、玉纖和露洗，金釧帶風敲。卯酒易醒，
漫松蟬翼，午茶猶困，輕展鮫綃。　　溜波窺豔蝶，扇羅頻撲處，
苔印弓凹。別有煖香幽送，冷句深挑。況翻新低唱，貝餘白糝，奏
奇小舞，星隱紅潮。拂地綠絲垂也，難學纖腰。

徐士俊

竹枝　秦淮竹枝

桃葉堤頭連水平。輕衫簇簇踏堤行。儂家心事流不去，嗚咽秦箏指
上鳴。

又

湖水青青浸柳花。三山門外莫愁家。而今誰更愁如我，獨抱茵于數
亂鴉。

百字令　次坡公赤壁韻，隱括〈前赤壁賦〉

是年壬戌，記老蘇秋興，江山風物。拉取高朋三兩輩，良夜遨遊赤
壁。白露橫江，水波不動，萬頃茫如雪。扣舷歌響，美人應伴豪傑。
想到烏鵲南飛，順流釃酒，槳底詩懷發。可惜英雄今在否，都向暮
烟沉滅。願作漁樵，伴他魚鹿，不管霜生髮。披衣醒起，東方白似
明月。

又　再次坡公韻，隱括〈後赤壁賦〉

雪堂閒步，正露寒霜降，興懷時物。有酒無殽謀及婦，重複追尋赤
壁。月小山高，斷崖千尺，亂石堆成雪。幾何光景，竟非前度英傑。
且自危步巉巖，劃然長嘯，草木悲聲發。虎豹虬龍攀欲墮，誰問馮
夷興滅。更放中流，寂寥四顧，滿目烟如髮。何來鶴翅，臨皋夢破

殘月。

畫堂春　與珂月對酌

東坡三萬六千場。直教酒化春江。主人應比謫仙狂。浸透詩腸。醒在只愁天窄，醉來惟有情長。兩人無事細平章。花月壺觴。

虞美人　別恨

別離滋味和誰說。只是心頭咽。綠楊樓際盼歸舟。怕見一輪圓月又成鈎。　迴眸錯道人兒在。便欲呼相拜。夢魂夜夜浪尋花。索性變成蝴蝶去迷他。

卓人月

竹枝　秦淮竹枝

夏秋何日不嬌春。水姓秦來樓亦秦。一望秋波爭欲滴，肯教柳眼獨招人。

又

深閨拘束自咨嗟。卻羨楊花勝眾花。縱使隨風入淮水，也應得伴五陵槎。

又

怪道閨中妒曲頭。男兒真不解風流。試看何處銷魂最，不在青樓在翠樓。

又

兩岸高樓倚白榆。樓頭人面映蝦鬚。雨絲風片有時有，雲黛烟鬟無日無。

瑞鷓鴣　湖上上元

城中火樹落金錢。城外涼波起碧烟。夜夜夜深歌子夜，年年年節慶丁年。　琉璃一段湖稱聖，琥珀千鍾酒號閒。自分懶追兒女隊，玉梅花下拾花鈿。

菩薩蠻　迴文

春宵半吐蟾痕碧。斜窺愁臉如相憶。空撚兩三絃。朱扉寂寂然。依期郎踐約。悄步人疑鶴。小舒輕霧紗。收袂蘸紅霞。

清平樂　清樓夜話

星明月黑，光被紅顏奪。樓下春波天一色。樓似天邊船隻。　攜手共笑樓窗。獨憐臨女悽涼。他若要尋雙影，除非兩點銀缸。

張宗瑞（生卒年不詳）

桂枝香

梧桐雨細。漸滴作秋聲，被風驚碎。潤逼衣篝，線裊蕙爐沉水。悠悠歲月天涯醉。一分秋、一分憔悴。紫簫吹斷，素箋恨切，夜寒鴻起。　　又何苦、悽涼客裏。負草堂春綠，竹溪空翠。落葉西風，吹老幾番塵世。從前諳盡江湖味。聽商歌、歸興千里。露侵宿酒，疏簾淡月，照人無寐。

無名氏

小秦王

柳條金嫩不勝鴉。青粉牆頭道韞家。燕子不來春寂寞，小窗和雨夢梨花。

搗練子

心耿耿，淚雙雙。皓月清風冷透窗。人去秋來宮漏永，夜深無語對銀釭。

如夢令

鶯嘴琢花紅溜。燕尾點波綠皺。指冷玉笙寒，吹徹小梅春透。依舊。依舊。人與綠楊俱瘦。

秋霽

虹影侵堦，乍雨歇，長空萬里凝碧。孤鶩高飛，落霞相映，遠狀水鄉秋色。黯然望極。動人無限愁如織。又聽得。雲外數聲，新雁正嘹嚦。　　當此暗想、畫閣輕拋，杳然殊無，些箇消息。漏聲稀、銀屏冷落，那堪殘月照窗白。衣帶頓寬猶阻隔。算此情苦，除非宋玉風流，共懷傷感，有誰知得。

望梅

小寒時節，正同雲暮慘，勁風朝冽。信早梅、偏占陽和，向日處凌晨，數枝先發。時有香來，望明豔、瑤枝非雪。展礶金嫩蕊，弄粉素英，綺旎清絕。　　仙姿更誰並列。有幽光映水，疎影籠月。且大家、留倚闌干，闞釀醰飛看，錦牋吟閱。桃李春花，奈比此、芬芳俱別。等和羹大用，莫把翠條謾折。

阮郎歸

春風吹雨繞殘枝。落花無可飛。小池寒綠欲生漪。雨晴還日西。簾半捲，燕雙歸。諱愁無奈眉。翻身整頓著殘棋。沉吟應劫遲。

參考書目

一、詞　集

（一）評點詞集

1. 《草堂詩餘》，（明）楊慎評點，明吳興閔暎璧刊朱墨套印本，台北：國家圖書館藏。

2. 《草堂詩餘》，（明）楊慎評點，《懺花盦叢書》，台北：中央研究院史語所傅斯年圖書藏。

3. 《草堂詩餘》，（明）楊慎評點，懺花盦叢書本，《叢書集成續編》，台北：新文豐出版社，1989 年。

4. 《花間集》，（明）湯顯祖評點，明末烏程閔氏朱墨套印本，台北：國家圖書館藏。

5. 《花間集》，（明）湯顯祖評點，明萬曆庚申刊本，台北：國家圖書館藏。

6. 《詞的》，（明）茅暎評選，朱之藩定：《詞壇合璧》，明金閶世裕堂刊本，台北：中研院史語所傅斯年圖書館藏。

7. 《古香岑草堂詩餘四集》，（明）沈際飛評點，崇禎初年明末太末翁少麓刊本，台北：國家圖書館藏。

8. 《古今詞統》，（明）卓人月彙選、徐士俊參評，明崇禎間刊本，台北：國家圖書館藏

9. 《詞菁》，（明）陸雲龍編選，明崇禎崢霄館刻本，上海：復旦大學圖書館藏。

10. 《精選古今詩餘醉》，潘游龍評選，明崇禎丁丑（十年）海陽胡氏十竹齋刊本，台北：國家圖書館藏。

11. 《精選古今詩餘醉》，潘游龍評選，瀋陽：遼寧教育出版社，2003 年。

（二）詞總集

1. 《詞綜》，朱彝尊編、王昶續補，楊家駱編：《增補詞學叢書》，台北：
   世界書局，1980 年。

2. 《全宋詞》，唐圭彰編，台北：世界書局，1984 年。

3. 《全唐五代詞》，張璋、黃畬編，台北：文史哲出版社，1986 年。

4. 《全唐五代詞》，曾昭岷、曹濟平、王兆鵬、劉尊明等編，北京：中華
   書局，1999 年。

5. 《全明詞》，饒宗頤初纂、張璋總纂，北京：中華書局，2004 年。

二、詞　話

1. 《詞話叢編》，唐圭璋編，北京：中華書局，1986 年。

   本文參考諸家如下：

   第一冊

   （1）《古今詞話》，（宋）楊湜撰

   （2）《復雅歌詞》，（宋）鯛陽居士撰

   （3）《碧雞漫志》，（宋）王灼撰

   （4）《能改齋詞話》，（宋）吳曾撰

   （5）《苕溪漁隱詞話》，（宋）胡仔撰

   （6）《拙軒詞話》，（宋）張侃撰

   （7）《魏慶之詞話》，（宋）魏慶之撰

   （8）《浩然齋詞話》，（宋）周密撰

   （9）《詞源》，（宋）張炎撰

   （10）《樂府指迷》，（宋）沈義父撰

   （11）《渚山堂詞話》，（明）陳霆撰

   （12）《藝苑巵言》，（明）王世貞撰

   （13）《爰園詞話》，（明）俞彥撰

   （14）《詞品》，（明）楊慎撰

   （15）《遠志齋詞衷》，清・鄒祇謨撰

   （16）《古今詞話》，清・沈雄撰

   第二冊

   （1）《西圃詞說》，（清）田同之撰

   （2）《靈芬館詞話》，（清）郭麐撰

第三冊

(1)《蓮子居詞話》,(清)吳衡照撰

(2)《樂府餘論》,(清)宋翔鳳撰

(3)《聽秋聲館詞話》,(清)丁邵儀撰

第四冊

(1)《憩園詞話》,(清)杜文瀾撰

(2)《雨華盦詞話》,(清)錢裴仲撰

(3)《賭棋山莊詞話》,(清)謝章鋌撰

(4)《詞壇叢話》,(清)陳廷焯撰

(5)《白雨齋詞話》,(清)陳廷焯撰

第五冊

(1)《歲寒居詞話》,(清)胡薇元撰

(2)《蕙風詞話》,況周頤撰

(3)《人間詞話新注》,王國維撰、滕咸惠校注,台北:里仁書局,1994
年。

三、詩　話

1. 《歷代詩話》,(清)何文煥編,台北:藝文印書館,1991年。

本文參考諸家如下:

(1)《詩品》,(梁)鍾嶸撰

(2)《詩式》,(唐)釋皎然撰

(3)《六一詩話》,(宋)歐陽脩撰

(4)《後山詩話》,(宋)陳師道撰

(5)《滄浪詩話》,(宋)嚴羽撰

2. 《續歷代詩話》,(清)丁仲祜編,台北:藝文印書館,1983年。

本文參考諸家如下:

(1)《歲寒堂詩話》,(宋)張戒撰

(2)《升菴詩話》,(明)楊慎撰

(3)《懷麓堂詩話》,(明)李東陽撰

(4)《藝苑卮言》,(明)王世貞撰

(5)《四溟詩話》,(明)謝榛撰

(6)《歸田詩話》,(明)瞿佑撰

四、史籍、目錄

1. 《直齋書錄解題》，（宋）陳振孫撰，台北：臺灣商務印書館，1978 年。
2. 《四庫全書總目提要》，（清）紀昀等撰，台北：臺灣商務印書館，1983 年。
3. 《中國古籍善本書目》（集部），中國古籍善本書目編輯委員會編，上海：上海古籍出版社，1998 年。
4. 《明史》，（清）張廷玉等奉敕撰，台北：臺灣商務印書館景印文淵閣四庫全書，1984 年。

五、今人研究專著（按出版時間排序）

（一）詞　學

1. 《詞學通論》，吳梅撰，台北：臺灣商務印書館，1988 年臺七版。
2. 《群體的選擇——唐宋人選詞與詞選通論》，蕭鵬撰，台北：文津出版社，1992 年。
3. 《唐宋詞集序跋匯編》，金啓華等編，台北：臺灣商務印書館，1993 年。
4. 《婉約詞派的流變》，艾治平撰，瀋陽：遼寧大學出版社，1994 年。
5. 《詞話學》，朱崇才撰，台北：文津出版社，1995 年。
6. 《唐五代詞紀事會評》，史雙元編著，合肥：黃山書社，1995 年。
7. 《中國詞學的現代觀》，葉嘉瑩撰，台北：大安出版社，1999 年第二版第三刷。
8. 《宋詞辨》，謝桃坊撰，上海：上海古籍出版社，1999 年。
9. 《宋人雅詞原論》，趙曉蘭撰，成都：巴蜀書社，1999 年。
10. 《清代詞學的建構》，張宏生撰，南京：江蘇古籍出版社，1999 年。
11. 《唐宋詞格律》，龍沐勛撰，台北：里仁書局，2000 年初版二刷。
12. 《徽宗詞壇研究》，諸葛憶兵撰，北京：北京出版社，2001 年。
13. 《花間詞研究》，高鋒撰，南京：江蘇古籍出版社，2001 年。
14. 《詞學論考》，孫克強撰，天津：延邊大學出版社，2001 年。
15. 《唐宋詞研究》，李旭撰，天津：延邊大學出版社，2001 年。
16. 《明詞史》，張仲謀撰，北京：人民文學出版社，2002 年。
17. 《詞論史論稿》，邱世友撰，北京：人民文學出版社，2002 年。
18. 《中國詞學史》（修訂本），謝桃坊撰，成都：巴蜀書社，2002 年。

（二）文史、思想

1. 《明代文學批評資料彙編》，葉慶炳、邵紅編，《中國文學批評資料彙編》之七，台北：成文出版社，1979 年。

2. 《中國俗文學史》，鄭其篤撰，台北：臺灣商務印書館，1986 年。

3. 《詩話摘句批評研究》，周慶華撰，台北：文史哲出版社，1993 年。

4. 《晚明思潮》，龔鵬程撰，台北：里仁書局，1994 年。

5. 《明代中期文學演進與城市型態》，鄭利華撰，上海：復旦大學出版社，1995 年。

6. 《湯顯祖與晚明文化》，鄭培凱撰，台北：允晨文化實業公司，1995 年。

7. 《晚明思想史論》，嵇文甫撰，北京：東方出版社，1996 年。

8. 《晚明小品與明季文人生活》，陳萬益撰，台北：大安出版社，1997 年第二版第三刷

9. 《雅俗之辨》，孫克強撰，北京：華文出版社，1997 年。

10. 《晚明士人心態及文學個案》，周明初撰，北京：東方出版社，1997 年。

11. 《王陽明傳習錄詳註集評》，（明）王守仁撰、陳榮捷評註，台北：臺灣學生書局，1998 年修訂版。

12. 《性靈派研究》，王英志撰，瀋陽：遼寧大學出版社，1998 年。

13. 《湯顯祖全集》，湯顯祖撰、徐朔方箋校，北京：北京古籍出版社，1999 年。

14. 《中國評點文學史》，孫琴安撰，上海：上海社會科學院出版社，1999 年。

15. 《雅俗之間的徘徊：16 至 18 世紀文化思潮與通俗文學創作》，吳建國撰，長沙：岳麓書社，1999 年。

16. 《儒釋道與晚明文學思潮》，周群撰，上海：上海書店出版社，2000 年。

17. 《王學與中晚明士人心態》，左東嶺撰，北京：人民出版社，2000 年。

18. 《小品高潮與晚明文化》，尹恭弘撰，北京：華文出版社，2001 年。

19. 《中國小說評點研究》，譚帆撰，上海：華東師範大學出版社，2001 年。

20. 《物‧性別‧觀看──明末清初文化書寫新探》，毛文芳撰，台北：臺灣學生書局，2001 年。

21. 《晚明自我觀研究》，傅小凡撰，成都：巴蜀書社，2001 年。

22. 《明永樂至嘉靖初詩文觀研究》，黃卓越撰，北京：北京師範大學出版社，2001 年。

23. 《文學與文化的張力》，冷成金撰，上海：學林出版社，2002 年。

24. 《中國選本批評》，鄒雲湖撰，上海：上海三聯書店，2002 年。

25. 《墮落時代──明代文人的集體墮落》，費振鐘撰，台北：立緒文化事業有限公司，2002年。

26. 《中國詩學史‧明代卷》，朱易安撰，廈門：鷺江出版社，2002年。

（三）文學理論、方法論

1. 《文學論──文學研究方法論》，（美）韋勒克、華倫著，王夢鷗、許國衡譯，台北：志文出版社，1992年再版。

2. 《現象學與解釋學文論》，王岳川撰，濟南：山東教育出版社，1999年。

3. 《後結構主義文論》，方生撰，濟南：山東教育出版社，1999年。

4. 《文藝學導論》，吳中杰，上海：復旦大學出版社，2002年。

5. 《理論的緊張》，南帆撰，上海：上海三聯書店，2003年。

（四）學位論文

1. 《草堂四集及古今詞統》，李娟娟撰，國立高雄師範大學國文學系碩士論文，1996年。

2. 《王世貞詞學研究》，黃慧禎撰，私立東吳大學中國文學系碩士論文，1997年。

3. 《明代詞選研究》，陶子珍撰，私立東吳大學中國文學系博士論文，2001年。

4. 《明代中期蘇州文人生活研究》，邵曼珣撰，私立東吳大學中國文學系博士論文，2001年。

（五）單篇論文

1. 〈明代文學批評的特徵〉，郭紹虞撰，收入《照隅室古典文學論集》，台北：丹青圖書出版公司，1985年。

2. 〈論詞學中之困惑與《花間》詞之女性敘寫及其影響（上）、（下）〉，葉嘉瑩撰，收入繆鉞、葉嘉瑩合著：《詞學古今談》，台北：萬卷樓圖書有限公司，1992年。

3. 〈從花間詞的女性特質看辛棄極的豪放詞〉（專題演講），葉嘉瑩撰，收入《第一屆詞學國際研討會論文集》，曾純純編，台北：中央研究院中國文哲研究所籌備處，1994年11月。

4. 〈歷代詞話的論詞特色〉，王熙元撰，收入《第一屆詞學國際研討會論文集》，中研院文哲所編委會編，台北：中央研究院中國文哲研究所籌備處，1994年11月。

5. 〈宋代詞論研究〉，楊海明撰，收入《第一屆詞學國際研討會論文集》，

曾純純編，台北：中央研究院中國文哲研究所籌備處，1994 年 11 月。

6. 〈略論清代詞論中的尊體之說〉，楊海明撰，收入《詞學研討會論文集》，林玫儀編，台北：中央研究院中國文哲研究所籌備處，1996 年 6 月。

7. 〈清代詞學復興述評〉，謝桃坊撰，收入《詞學研討會論文集》，林玫儀編，台北：中央研究院中國文哲研究所籌備處，1996 年 6 月。

8. 〈晚明與晚清文化景觀再探——歷史現實與文學想像〉，蔣宜芳紀錄，「世變中的文學世界」系列座談會之五，中國文哲研究通訊，第 9 卷第 4 期，1999 年。

9. 〈世變中的通俗與雅道——再思晚明與晚清的文化與社會〉，蔣宜芳紀錄，「世變中的文學世界」系列座談會之六，中國文哲研究通訊，第 10 卷第 3 期，2000 年 9 月。

10. 〈湯顯祖與晚明社會思潮〉，陳寒鳴撰，天津社會科學，第 3 期，2000 年。

11. 〈晚明閒賞美學之品味鑑識系統〉，毛文芳撰，國立編譯館館刊，第 26 卷第 2 期，2000 年 9 月。

12. 〈"評點"的涵義和性質〉，于立君、王安節撰，語言文字應用，第 4 期，2000 年 11 月。

13. 〈陽明心學與湯顯祖的言情說〉，左東嶺撰，文藝研究，第 3 期，2000 年。

14. 〈論《草堂詩餘》成書的原因〉，楊萬里撰，文學遺產，第 5 期，2001 年。

15. 〈湯顯祖與明清詞壇〉，程芸撰，武漢大學學報（人文科學版），第 54 卷第 5 期，2001 年 9 月。

16. 〈晚明心態與晚明習氣〉，吳承學、李光摩撰，收入《晚明文學思潮研究》，吳承學、李光摩編，武漢：湖北教育出版社，2002 年。

17. 〈從明代《草堂詩餘》批評看明人的詞學思想〉，葉輝撰，人文雜誌，第 6 期，2002 年。

18. 〈儒釋之間：朱熹與禪散論〉，劉澤亮撰，普門學報，第 15 期，2003 年 5 月。

19. 〈論晚明佛學的性相會通與禪教合流——以晚明佛教四大師爲例〉，陳永革撰，普門學報，第 15 期，2003 年 5 月。

20. 〈湯顯祖評點《花間集》的原因及其特色〉，謝旻琪撰，東吳中文研究集刊，第 10 期，2003 年 9 月。

後 記

　　本文試圖在紛雜細碎的評語中，梳理出明代評點詞集的特色。在探討的同時，我們也得以窺見了晚明文人的文化性格。我想，儘管以文化的視角來觀測文壇狀況是非常重要的，然而如何避免受限於理所當然、習以為常的既有概念中，而使得自己立論的前提與假設都是已貼上歷史的標籤，又是更難的問題。因此在討論時，勢必從評點本身著手，配合史料和理論，使文中所探討的諸多議題，能與時代特徵相連結。

　　本文的論述，從文本的介紹開始，接著探討了明代評點詞集出現的背景、詞批評的形式，然後探究了評點詞集中的詞學觀，最後是審美觀點。我想，這樣的討論架構，是概括了評點詞集的特色，或者也稍稍補了一些文學批評史、詞學史的空白之處，但是細部的許多問題，在文中無深入法探討。譬如，在流行文化的主導下，應當還有更多層面的審美命題，像是湯顯祖對晚明詞壇的影響，他的戲曲創作中收納了許多唐宋人的詞作，而他的詞學觀點和他戲曲的魅力，也確實影響了晚明文人評定詞的標準，但是這個議題就必須深入研究湯顯祖的文學作品，並將他的戲曲創作一一核對。辛棄疾的地位在晚明詞壇大幅提升，也是很值得關注的。另外，我們談到雅俗的調和、主情說與儒釋的交涉，表現出文人反叛、融合的複雜心態，但是這樣的融合

事實上還表現在從尊北宋到南北宋兼收、以婉約爲本色到婉約豪放皆本色的風格調和等方面。至於評點的批評活動，事實上可以西方詮釋學的觀點來解讀，或者可以看到新的可討論的課題。而詞學的完整架構並不能光由評點就看出全盤，畢竟評點僅是作爲閒賞遊樂之用。此外，文人的交遊、書商的活動等，都是還可以再深入探討的問題。因爲礙於文章論述的焦點、篇幅和次第，以及目前學力的淺薄，這些問題，都只能留待將來再審視探討。

評點細碎、零散，確實是難以歸納的研究對象；既佔有詞學一席之地，又不能以之概括全盤，但如強加分類，又恐怕陷入以自己的意圖所架構的框架當中，因此在研究的過程中常會感到兩難。最令人惶恐的是，擁有同樣史料的歷史研究者，往往可以撰述出不同的歷史來，一旦體認到這一點，又深深爲自己不可避免的先驗主觀意識感到焦慮。

回顧從一開始我所說的，評點詞集的探討，或可以補明代文學批評的一角，也可以補詞學史上的空白；儘管這樣的論題確實是尚未開發的領域，但真正去開墾之後，更深刻地體會學海浩瀚，以目前所能探討的來看，簡直如同以蠡測海。我並不知道以我的學力，在文學史的空白上補了多少，但我相信這樣的研究論題和採取的研究方向，仍是可以拋磚引玉的。